オールド・ファッション
普通の会話

etō jun 江藤 淳｜*hasumi shigehiko* 蓮實重彥

講談社 文芸文庫

目次

オールド・ファッション

普通の会話

昭和六十年四月八日〜九日、東京ステーションホテルにて

食堂にて

（黄昏時の食堂。明るさの残る窓外は、電車の発着する様子がよくみえる。時間が早いせいか、お客の姿はまだない。両氏、中央奥の席に。ＢＧＭは、「碧空」等、コンチネンタル・タンゴの数々）

（メニューが運ばれる）

——何になさいます？

江藤　あんまり食べないんですよ、そう沢山はね。

（メニューのページを繰りながら）

蓮實　これはおんなしなのね。

（本日のお奨め料理と書いてある箇所をながめながら）

江藤　これはいったい、こっちへ書いてあるのと、印刷してあるのとどう違うんだろう。こっちの方がヴァラエティがある。

……軽いやつにしようかな。Ｂコース、さわらのワイン蒸しというのを。それぐらいがいい。

蓮實　それでは、ぼくもその舌びらめのムニエルというのと、その前に何か頂きます。ポタージュに……。

（メニューを改めて繰りながら）

江藤　結構いろいろあるんだな。

……（笑いながら）絶望しない方がいい。

――何か先にお飲みになりますか。ドライ・シェリーでも。

江藤　ぼくはもう飲んじゃったから。どうぞ召し上がって下さい。

蓮實　ワインを頂こうかな。

江藤　これは、蓮實さんがきっとお詳しいでしょう。

蓮實　いやいや、食に対する執着というのがあまりないんです。ワインの選択もいつも人まかせだし、何か気の利いた銘柄を覚えてくるということをしないし……。

これは人格的な欠点だと思います。（笑）

江藤　いやいや、わたしもあんまりそれはないんですけれども、酒はきらいではないほうで……。（笑）

（ワインリストが届く。両氏、相談しながら、ウェイターに向かって）

蓮實　このシャブリを……。

（開け放たれた窓から、微風が入ってくる。カーテンが揺れる。電車の発着する音が、意外に大きく聞こえる）

江藤　食堂は昔から、ここでしたっけ。中の造作がちょっと違っていたかな、二十年ぐらい前は。

蓮實　でも、ここには古いホテル独特のにおいが残ってるでしょう、なんか。

江藤　そうそう。いや、さっきバーで飲んでいたら、窓から中央線が見えるんですけれども、豊田行きという電車の、最後部車輛がみえるんです。こっち側には、ある建造物が建っていて、それがどうやらトイレらしい……。（笑）ところで、車掌さんがそこへきてね、体操しているんです。車掌さんというのは東京駅へ着くと、あそこへ来て体操するもんなのかと、はじめて知ったんです。車掌さんてみんなアタッシェケースみたいなもの持っているでしょう。何が入っているのか知らないけれども。あれが置いてあるんです、プラットホームに。信鈴を鳴らすところに置いてあって、自分はそこへ来て、用を足した後でオイチニッてやっている。体操のスタイルはひとりひとり違うんだけれども、だいたいみんな……。

蓮實　詰所のようなものがあって、みな詰めているわけですか。

江藤　いや、電車が着くごとにそうなんです。

蓮實　それをずっと見ている……。

江藤　窓の外を見ているとね、体操しているんですよ。(笑) だってね、バーの中にはどっかのサラリーマンが二人来ていて、あの企画はつぶしましょうって、若い人が上司にしきりに言っているんですよ。(笑) そっちを見ているわけにはいかないからね、窓の外を見ていると、どうしたってある建造物が見えてきて、そうすると、オイチニッてこんなことやっている。その向こうをね、これは非常に清潔に京浜東北線が通り抜けていくんです。ところが中央線というのは東京が終点だから通り抜けていかないで、こう入ってきちゃこう出て行くわけだね。なるほど電車によっていろいろと違うもんだなと思って……。いや、そうしたらね、今度は小柄な、年のころ六十前後とおぼしき紳士が、わたしの隣りの止り木に座ったんです。それでなんとなくこっちのほうを見たので、未知の人ですけれども挨拶したわけですね。そうしたら先方も挨拶した。今年は天気が悪うございますね、去年も天気が悪うございましたって言っていたら、真っ赤なドレスを着た、明らかに水商売の女性と思われる人が来て、アラッ、社長って言って、紳士の隣りの止り木に止った。(笑) その人〝社長〟なんですね。このパーティには埼玉県の県会議員も来てくださるのよ。あ、えらい人ばかりだね。そうなのよ社長、って言ってね。いったいなんだろう、これはって思って、……面白かったね。(笑)

蓮實　クラブなんとか開店記念とか、スナックでしたっけね。

江藤　「輝《かがやき》」というやつでしょう。さっき見てきた。（笑）
蓮實　なんで東京駅でやるんだろう。
江藤　それがぼくにもわからなくってね。それで、部屋に戻るときに、ちょっとのぞいたんですよ。そうしたらね、あれはなんというのかな、標示板、あの黒い板の上に白い字で書いてある。〝開店記念〟〝五周年〟って書いてあった。でも、なんで東京駅でやるんだろう。（笑）
やはり、国鉄と深い縁があるのかな。
蓮實　ここは国鉄の経営ですか？
江藤　さっき、バーでバーテンから取材してきたんですが、大株主は交通公社だそうです。独立会社です。このホテル、近々取り壊されるという噂もあるけれども、あなた方はどういうふうに聞いていますか、と言ったら、しょっちゅうそういう噂はございますけれども、この通りまだ取り壊してはおりませんって、（笑）打ち消すわけね。それで、ああそうって言って、それで話は終わりで。（笑）
京都ステーションホテルとは別なんですね、と聞いたら、別なんですって。ただ、ステーションホテル相互の会議というのを以前はやっていましたけれども、この頃はどうでございましょうかって言うのね。まぁ、やっているようですけれど。
蓮實　バーテンもそこまで通じているわけですね。

江藤　フランスはどうなんですかね、ステーションホテルというのは今でもやっておりますか。

蓮實　ありますね。

江藤　わたしはイギリスがまだわりあい残っているなぁと、ここへ来てふっと思い出したんですけれどもね。

蓮實　フランスでは、ほぼ二十年遅れで日本の真似をしているということがありますね、ホテルその他。日本のビジネスホテル的なものがパリ郊外に建ちはじめましてね。いったい誰が泊まるんだろうと思ったら、日本人がたくさん泊まっていた。(笑)団体旅行なんかで詰め込まれるらしいですね、パリに着いてすぐ。見るも無残な建物でね、すぐ雨が漏ってきたりして。普請が悪いというか……。去年の夏家内とアルプスの麓のアヌシーというところへ行きまして、目的地はジュネーブだったんですけれども、数日あまったんで、景色もいいし、無意味に滞在しようと思いましてね、それでなにも予約とっていなくて、アヌシーというのは湖畔の古い観光地なんですけど、運河沿いに古い建物や町並みがそっくり残ってるんで、たぶんそこらへんに落ち着いたホテルがあるだろうということで……。ところが運が悪いことには、おなじコンパートメントにアヌシー出身のご婦人がおられましてね、これからなにしに行くんだと聞くんで、数日逗留すると言ったら、大変すばらしいホテルが湖畔にある、わたしの主人が交通事故をおこして、そのあと静養のためにそこに三週間滞在した。非常にいいホテルだった。ぜひそこへいらっしゃいというのですね、そのホテルの名前を教えてもらいまして、家内と二人で喜び勇んで着いたわけですね。そうしたらそのビジネスホテルなんです。（笑）ちょっと湖畔から離れて自動車道路がふーっとその前を走り抜けているわけです。

江藤　ああ、それはひどいな。

蓮實　家内と二人で深い溜め息をつきました。なるほど中はきれいなんですね。フランスのいわゆる十九世紀以来の建物じゃなくって、値段の割に部屋もなかなか清潔である。なるほど彼らもこういうものをいいと思いはじめたんだなという感じがしましたね。わざわざフランスへ来て、しかも古い田舎町でなぜこんなピカピカなところへ泊まらなきゃいけないのか。しかし彼らはそれをすぐれたものと思いはじめたようです。明らかにライフスタイルの変化が起り始めている。レストランにしても、日本の高速道路のインターチェンジにあるみたいなもので、味も、地方色のない中性的な料理でした。ちょっと車とばしてそこのホテルへ食べにくる連中もいますけれど、どうみてものんびり逗留するところじゃない。なるほど雪を頂いた山は見えるんだけれども、足もとには高速道路がひゅーっと走っていて、どうしてあそこでご主人が静養できたんだろう。（笑）

江藤　だんだん静養の概念が日本に近づいてきたんですね。

（グラスにワインが注がれて、両氏、改めて初対面の乾杯を……。折から、山手線と京浜東

北線が走り去る音）

江藤　いや、高速道路のガーガーというやつは、去年十月に文藝春秋と日本航空の共同主催で、アメリカに住んでいる日本人のための文化講演会というのがありまして、水上勉さんと一緒に行ったんです。ぼくはアメリカはわりあいよく知っているつもりなんだけれども、ダラスというところは初めてなんです、テキサス州のダラスですね。ダラスというところは、町の中心はあることはあるんですけれども、ケネディの殺されたところ。あるんだけれども、そのほかに今、なんというんですか、いくつもの新開地のセンターができちゃって、七、八年前まで牧場だったところに忽然と三十階ぐらいのピカピカのビルが建っていて、その一つの新しいホテルに泊まることになったんです。まだどういう位置関係にあるかもわからないうちに一晩泊まりまして、朝目覚めてみると、ざんざん降りみたいな音がするんですね。それが午前六時ごろですね。家内と一緒だったんですけれども、目ざとくなっているからかなと思ってカーテンをちょっと開いてみたら、ホテルから目睫の間にリンドン・ジョンソン・パークウェイと称するハイウェイがあるんです。片側三車線ずつ、都合両側六車線ですね。車がその六車線一杯にザーッザーッと走ってるんですね。つまりダラスは六時から働かなきゃならないんです。ニューヨークと時差があるから、六時からオフィスを開かなきゃならない。そのかわり早く終わるんです。とにかく広いでしょう。ザーザカザーザカ車を飛ばして六時から働いていやがるんだ、寝ていられやしないよ。（笑）まァ、アメリカの新開地ならそれも仕方がないけれども。
ただ、フランスはきっとプライドが高いから遅いのであって、六〇年代の中頃ですかね、わたしどもプリンストンから二年ぶりで帰ってくるときに、イタリヤに参りました。当時妹がイタリヤに留学しておりましてね、妹の下宿のおばさんに頼んで、宿を取ってもらったんですよ。フィレンツェとかヴェネチアとか、そういうところを見て歩こうと思って。そうしたらそのおばさんが、われわれがアメリカ帰りだということを考え過ぎたのか、それともすでにイタリヤ人の価値観がやや変わっていたのか、とにかく予約して置いてくれた宿というのは全部蓮實さんのおっしゃったピカピカなんです。古いいい宿がいくらでもあるのに、ピカピカのところばかりに泊まることになってしまった。あとで妹に文句言ったら、あれは善意だからあんまり怒らないでって言われちゃって。（笑）

蓮實　いくつか全ヨーロッパ的な規模でチェーン店みたいのができて、それが新しいというのがありますね。それがわれわれから見ると不愉快ですけれども、みんな結構喜んで泊まっていますね。そこに行くと、日本と同じ冷蔵庫があって、ミネラルウォーターを一本取り出すとそれが直接会計にわかるようになっていてね。こんな馬鹿なこと日本の真似することはないんじゃないか。

江藤　ダラスはそういうわけで全くびっくりしちゃったんだけれども、その前、ニューヨークでは気持ちのいい宿に泊まりました。ホテル・ピエールというのが、セントラル・パーク・サウスにあるんです。ここは山本五十六というような人が泊まっていたエレガントなホテルで、最近また日本人に門戸を開放したんです。日本人に対する特別なサーヴィスはないから、英語のメニューが読めて、快適だと思う人は行けばいいわけですね。このホテル・ピエールを取ってもらったのですが、これはいいんですね。大きさもあんまり大きくないし、上の方の階には居住者がいるんです。ですからどことなくレジデンシャルな雰囲気があってね。ご飯もおいしいし、なにより大きすぎなくてよかった。それがよすぎたものだから、その後ダラスのザーッザーッで参っちゃった。(笑)

蓮實　天国と地獄だ。

江藤　でもイギリスあたりではステーションホテルはまぁまぁですね。まァ、イギリスぐらい飯のまずいところはないでしょう。だいたいジョークになるぐらいですね。それでもステーションホテルでご飯を食べると、まぁ食べられるというのは、今でも概してそうじゃないかと思いますよ。もう十年くらい前ですけれども、イギリスへ調べ物に行っているときに、ラファエル前派の絵を見て歩いたことがあります。ご承知のとおり、ちょうど蓮實さんのご本に触れられている「問題」の時代になってからの絵ですからね。絵があるのは当時の新しい産業都市の美術館にきまっているんです。マンチェスター、バーミンガム、ニューカースル・アポン・タインとか。ニューカースルでステーションホテルに泊まったんです。これはなかなかよかったですね。

蓮實　駅が出来たときの建築様式ですか。

江藤　そのままでしてね。ニューカースルは美術館も、展示はしていないんですけれども倉庫に入れてくれて、絵を見せてくれたものですから、格別印象がよかったということもあるんですけれども。ホテルの食事のほうが、その町にある中華料理屋の食事よりもうまいと感じられるということは、（笑）これはやはりかなりいい線を行っていることになる、少なくとも、イギリスではね。世界で一番まずい中華料理はどこかといったら、ぼくは躊躇なく言うけれどね、ウェールズのカーディフの中華料理。ホテルは非常にエレガントなのに、食堂に行くと舌がこんなに曲っちゃうんですよね。そこで、しようがないから中華料理を食べに行くと、これがまたその水準に合っているわけだ。だけれどもニューカースルでは中華料理屋の中華料理よりホテルの飯のほうが少しうまかったんじゃないかな。まぁどっちみち悲惨な体験だったけれどもね。（笑）ただ、中華料理屋へ行ったらもてましてね。てっきり中国人だと思われて、香港から来たのかって。そう決め込んで福建語か広東語で話しかけて来るんですよ。しようがないから英語で受け答えをしていたんだけれども、最後に残念ながら正体を明かした。そうしたらそれまで輝いていた女の子の目がスーッと険しくなって……。（笑）

蓮實　われわれが間違えられるのはだいたいきまっているんですよね、中国人とか、ヴェトナム人とか。間違えられてもムッと怒るということはないんですけれどもね。一度サンジェルマン・デ・プレを歩いていましたら、向こうからどう見ても東洋人ふうの男が来るんですよ。それがいきなり何語ともわからない言葉で親しげにしゃべりかけるわけです。ぼくは中国語知りませんけれども、中国人でないことはすぐわかった。それからヴェトナム人でもなかろうと。で、ちょっと当惑して立ち止っていると、彼はまた親しそうに笑いかけるわけです。ぼくはわからないからフランス語で話すと、なにやら彼は正体を明かそうって。おれはエスキモーだって言うんですね。

江藤　ああ、なるほどねェー。

蓮實　それにはさすがに驚きましたね。ことによったら、あんたもエスキモーかと思ったっていうんです。実はそこにアトリエを持ってパリで暮しているエスキモーの画家であると。国籍はデンマークなんですって。グリーンランドというのはデンマーク領なんですね。で、そいつの絵を見に行ったら、変な抽象画でね。（笑）うまいとかなんとか言って帰ってきましたけれど。（笑）

江藤　その人は蓮實さんのように背の高い人なんですか？

蓮實　ええ、結構大きくて迫力のある感じでした。

江藤　そうですか。エスキモーは小柄だということでもないのね。大体、ぼくは中国人に間違えられるんですね、南の方の。中国の南の方の血は、大分日本に入っているわけだから、きっと先祖はそうだったんだろうと思いますよ。サウス・チャイナから来たんだと思ってます。

蓮實　あの奥地の少数民族あたりは非常に日本の感じに似ていますね。

江藤　そうですね。わたしの若い同僚で、あっちのほうへ文化人類学の調査に行った人から写真を見せてもらったりすると非常にこうね……。親類じゃないかと思うような。(笑)香港というところには、一度行ったことがあるんです。もちろん日中国交のないころです。あれは六七年だったか六年だったか、ニュージーランドへ行った帰りに寄った。深圳《しんせん》というところへ連れて行かれて、深圳のこっち側から中国の山を見たら、ああ懐かしいなぁ、この山はと思ったですね、うちの先祖はきっとあの辺から流れてきて、丸木舟で日本に来たに違いないという確信を持った。南画などに画いてあるから懐かしく思われるんでしょうね。そういう表象による一種のデジャ・ヴュみたいな、そういうものだと思うけれども、とにかく不思議なセンセーションを感じましてね。

中国も大きな国だから、南のほうの人と北のほうの人ではかなり違うんじゃないんですか。言葉も全然違いますし、形態人類学的に言ってもね。

蓮實　最近、さかんに南北問題なんていうのが話題にされてますけれども、南北の対立ってのは、昔からどこでもありますね。はじめてフランスへ行ったときに——あれは六二年でした——、ヴェトナム号というフランス郵船の船で四週間ほどかかったんですけれども、その食堂のボーイのほとんどがヴェトナム人なんです。ぼくらからみれば、みんな同類に思えるんですが、北のボーイがあいつらはヴェトナム人じゃないと南の奴を言うわけです。彼は南ヴェトナムに移住してるんですが、真のヴェトナム人はわれわれ北の人間である。北の出身だけれども、仕方がないんで南へ逃げてきている。そして南の連中と一緒にフランス郵船に勤めている。しかし、顔を見てみろ、あいつらは馬鹿な顔をしているだろうと。（笑）おれはホー・チ・ミンみたいにいい顔をしているってね。ぜんぜん似ていないんだけれどもね。

江藤　なるほどね。

蓮實　ケネディによるヴェトナム介入より以前のことでしたが、抜きさし難いものがあるなぁという感じがしましたね。同じ船で同じ仕事をしているんですけれども、これは完全に自尊心が違うんですね。

江藤　北のほうが高い。

蓮實　ええ、北のほうが圧倒的に高いんですね、そして亡命先の南ヴェトナムで、南の連中を軽蔑しながら、その誇りを生き甲斐にしてるんですから。

江藤　蓮實さんはもちろん東京のお生まれでしょうけれども、元来はどちらですか。

蓮實　曾祖父までたどりますと、父のほうは栃木県なんです。

江藤　ああそうですか。野州ですね、下野国。

蓮實　江川が登場したときに蓮実秘書というのがいましたでしょう。たぶん同郷だと思いますね。

江藤　作新学院の。

蓮實　ええ、作新学院の。祖父の出身は奥の細道にちょっと出てくる黒羽という町なんですけれども、たぶん蓮實という名前はあそこらへんに集中していますから、同じ出身だと思いますね。だいたい蓮實という人物はいかがわしいことばかりやっている。（笑）あの人も非常にいかがわしかったでしょう。野球になんで彼が出てくるかわからないけれども。その前に毒殺事件かなんかにも蓮實という人がいるんですよね。

江藤　西山太吉の事件に出てきた女の人で、蓮見秘書というのもいた。

蓮實　ええ、外務省の。

江藤　そうそう、ひそかに情を通じていた……。（笑）

蓮實　いい話で出てきたためしがない。

――（爆笑）――

蓮實　母のほうは長野県なんですが、長野県の人たちというのは不思議で、長野県が世界の中心だと思っているわけね。生意気なんですね、またみんな、これは。

江藤　長野県はどちらでいらっしゃいますか。

蓮實　上伊那の方なんです。

江藤　それはまたプライドが高いんだ。

蓮實　なんか非常に文化的な村で、筑摩書房の古田さんが出られたところです。杉捷夫先生なんか、その縁でそこへ疎開しておられましたね。

江藤　わたしのところは父のほうが九州の佐賀で、母は、生まれたのも育ったのも東京ですが、母の実家は、元来は尾張の蜂須賀村なんです、蜂須賀小六の。いま町村合併で美和町となった。ぜんぜん蜂須賀の盗賊のイメージがなくなっちゃって。

蓮實　しかし何かの縁のある名前なんですか、美和というのは。

江藤　いや、知りません。いま本家があるだけですから本家の当主に聞けば教えてくれるかとも思いますけれども。

蜂須賀さんといえば、蜂須賀侯爵が侍従をしておられたとき、たばこをちょっと二、三本失敬しようとしたら、明治天皇が見ておられて、おい蜂須賀、血筋は争えんものだな……。(笑) ほんとかねと思うような話をどっかで読んだことがあるけどね。(笑)

蓮實　それなりの知識はあったんですね。

江藤　どうもこっちまでそのノウハウは伝わっていないみたいですが……。(笑)

ほんというと、ステーションホテルというのは、ここから国際列車が出てね、ドーバー海峡渡ってカレーに行って、それがさらに長駆してイスタンブールまでいくとか、そういう長旅をその辺で準備しているというような感じがあるといいんですけれどもね。

蓮實　そうですね。

江藤　国鉄の分割とかなんとかいっていますけれども、昔の「あじあ号」はシベリヤ鉄道につながっていたんでしょう。つながってずっといって、あれがヨーロッパに行く一番安い経路だったんじゃないですか。そういう昔のままの国際列車を走らせるというようなことは、三十八度線の関係で出来ないんですね。残念なことですよね。別にこう、山東半島にフェリーを通して、向こうから遠まわりして行くというわけにはいかないかな。鉄道だけでも、協定を結んだらいいのにね、ほかのことは別にしてもね。政務関係はともかく、運輸協定を結んでね。場合によったら、客車を交換したっていいんですよ。航空協定になるといろいろ安全保障上の問題もでてくるでしょうけれども、いまどき鉄道なんてものはね。

蓮實　列車のなかで目覚めると、翌朝まわりがほかの国の言葉をしゃべっているというのは大変いいですね。

江藤　いいですね。ぼくは国際列車には何度も乗ったことはないんですけれども、プリンストンから帰ってくるとき、プリンストンで教えた学生の一人が、アメリカの外交官の息子でしてね、マックリーン君というんですけれども、もちろんスコットランド系の名前です。それまで概して低空飛行をしていたらしいんですが、どういうものか日本文学に興味を持って、割合にいい点をとったんですね。ぼくは別にそれまでの事情もよく知らず、試験の成績がよかったからいい点をつけたんだけれども、どうやら当人も両親も大変に感謝したらしいんですね。帰ってくる寸前に、そのマックリーン君が、実は自分の両親が外交官でリスボンに駐在している、アメリカ大使館の一等書記官だ、先生は真っ直ぐ日本に帰るかというから、いやヨーロッパをまわって帰ると言ったら、それじゃぜひリスボンからスタートしてください、うちのゲストになってくださいと両親から言われている、というんですよ。ぼくはもしまだずっと勤め続けるんだったら断るところだったんだけれども、もうやめて帰ってくるんだからいいだろうと思ってね、それじゃお言葉に甘えましょうと言うことになったわけです。やはりヨーロッパとアメリカは遠くないんですね。飛行機に乗って六時間ぐらいかな。そんなにかからないかな。とにかくちょっとひと眠りしたと思ったら、もうリスボンだった。まだサラザールのころですけれどもね。そうしたら快適なペンションを取って置いてくれて、下にもおかない歓待をうけたんです。それからマドリッドまでワゴン・リーという寝台車のコンパートメントを取ってね、行ったわけですよ。一夜明けてあたりを見まわすと、行けども行けどもオリーブ畑でね。（笑）その間に税吏が来てパスポートを検査します。別に何もありませんね、はい、何もありませんって言っていると（笑）そのまま通っちゃう。しかしあれはあの列車だけじゃございませんね。だいたいどこでもヨーロッパの十九世紀的な列車の作法というのは、いまでもそのまま残ってますでしょう。

蓮實　そうですね。しかしそれも、いわゆる新幹線形式が導入されてこわれ始めたという印象はありますが……。

江藤　ああそうですか、フランスあたりね。

蓮實　ええ、もうほとんど日本の新幹線と同じですね。旅情も何もあったものじゃない。TGVって呼ばれてますが……。

江藤　イギリスではブリティッシュ・レールというやつに乗ると、ケンブリッジへ行くときはリバプール・ストリートという停車場から乗る、オックスフォードへ行くときはパディントンという駅から乗るのですが、列車ボーイの可愛いのが来て、十四、五歳くらいかな、ティーはいかがですかと聞きにくるんです。なんかすごく感じがいいのよね。ああそういえば日本の国鉄も昔はそんなような感じだったなと、うっすらと思い出したりして。もうほんとうに小さい頃の話ですけれどね。そうか、新幹線というのはそういうものなんですね。

蓮實　ええ。日本は新幹線法とかいうのがあってあの線路に入ってはいけないとか、いろいろ法律があるみたいですね。フランスにはそれがなくて、ごく普通の在来線の路線に乗り入れて、少し早めにほかのを追い抜いていくという、感じです。パリ―リヨン間は新しい路線を敷いてますが、国際線もジュネーブやローザンヌまで行っています。そうすると、ほとんど三時間ちょっとでスイスまで行けるんですが、路線は古いままですから、新幹線というより、超特急といった感じです。ぼくも時折り使っておりますけれども、なんか日本に帰ったようでいけませんな。(笑) 新幹線のなかの日本食堂がまずいって話があるでしょう。でも、あれはいいほうなんですよ。フランスの新幹線はカウンターにおねえさんがいるだけでね。(笑) あとガチャンとお金入れてコーヒーを取る。それだけなんです。食堂車がついているのもあるし、一等は座席まで食事を持ってくることもありますけれども、コンパートメントがなくなっちゃって、いかにも殺風景ですね。ビュッフェでTGVサンドウィッチなんてものを立ち喰いしていると、どうもヨーロッパという気がしない。たまたまそのときにスイスの小銭をたくさん持っていて、彼女がスイスのお金でおつりをださなきゃいけないということがあって、ぼくがそのお金上げるよって言ったら、これがまたもう、ニコニコ笑いはじめてね。つっけんどんな女だったのに。

江藤 スイスのお金というのは霊験あらたかなんだな。(笑) 日本でも今度新幹線に二階建てのが走るといわれていますね。そうなると少しは食堂もよくなるという噂だけれども、本当によくなるのかな。よくなってほしいと思うんですがね。ぼくは品川駅を通過していつも通勤しているんです。大学の帰りに目黒から品川へまいりましてね、品川の十四番線で、下りの横須賀線を待つことにしています。昔は兵隊さんが繰り出すところでしたよね、十三、十四番線というのは。戦時中は品川停車場司令部、占領中はRTOというのがあった。だいたい十二番線だったんですね、横須賀線の下りは。それがいまや十四番線に格下げになりましてね。目の前に新幹線の高いトラックがそびえているわけです。見ていると、「こだま」っていうのは、「こだま」という表示すらなく、さみしげに通りすぎて行く。ところが、「ひかり」っていうと、誇らしげに「岡山」なんて、(笑)でえーっと行くわけです。だいたいまぁ五時過ぎに研究室を出てそのまま品川駅に向かうと、五時半から六時ちょっと前に十四番線にたたずんでいることになりますね。ちょうど夕食前でしょう。通り過ぎて行く「ひかり」にも、食堂車がついているわけですね。帝国ホテルとか、日本食堂とか。そこへ人が並んでいる。もう、その、なんというんですか、ほとんどすべて男ばかりが、席の順番を待って、黙々と並んでいるのが一瞬、二秒ぐらい見えるんです。一秒かもしれない。それを見るたびに、なぜかすごく淋しくなるんですね。あの人たちは今夜どんな食事をどんな顔をして食べるかということが目に見えてしまう。メニューまで全部浮かんでくる。だから、もうちょっと、食堂車のサーヴィスを多様化して、お好みの幅を広げてね、少し余分に払えばゆっくり食べられるようにするとか、急いでいる人はこっちとか、お弁当はこう、ガチャンと出てくる仕掛けはこうと、もう少し気を利かせてやるといいんじゃないかなと思うんですがね。(笑)

しかし、フランスもそこまでいってしまったというのはショックだな。ぼくはフランスというのは、ほんとうに優雅な国でそういうことは決してしないのかと思っていた。だいたい元は電話のつながらない国だったでしょう。

蓮實　いまでもつながらない面はつながりませんけれどもね。

江藤　ある面ではものすごくつながるでしょう、いまやね。

蓮實　そうですね。

江藤　ポンピドーのころからですか。

蓮實　ジスカール時代からですね。それでも午前中のビジネス街の局番はすぐにパンクしちゃうらしいですよ。午前中の九時から十時半というのはつながった例しがないんですね。これは故障しているわけじゃなくって、回線がないんです。もう全部使っちゃっている。たまたまぼくの知人でフランスの郵政省に勤めているやつがいて、どうしてフランスはこういうことがおきるんだ。日本はなんと便利な国なんだと言いましたら、彼が日本に来たとき、日本の電話は非常に不便だと言うんです。いや、そんなことないでしょう、どこにも赤電話あるしって言ったら、彼、家に電話がかけられないって言うんですよ、つまりフランスに。なるほどね、と思いました。確かにヨーロッパからなら公衆電話で日本にもかけられるというわけですよ。アメリカにもかけられる。そうした便利さが日本の赤電話にない。だからおまえたちは国内だけでやっているからあれですむんであって、その不便さというのをどう考えるか……、（笑）それはそのとおりでね。なるほどと思いましたね。ぼくもやりましたよ。このくらいの、少し大きい五百円玉くらいのやつを十くらい持って歩いて、公衆電話から日本にかける。みるみる減っていきますけれどもね。（笑）ルーアンという町に日本人の留学生がいましてね。あるリップクリームの箱が、ルーアンから日本にかけるときの、このくらいの、ジュトンのね、あのコインの大きさと同じだということを発見した天才的なやつがいるわけです。(笑) たしか、ごく安い値段で買えるリップクリームだそうで、日本人が大挙してルーアン中のリップクリームを、(爆笑)……買いに行く。それを入れて、そのまま東京の友人とおしゃべりできる。しまいにはなんにもやることがなくなって、東京新聞の最新歌謡曲情報なんていうのをみんなで聞いているんだって。(笑) そのうちに敵も、敵といいますかね、ルーアンの郵便局もわかってきましてね。とにかく日本にやたらにかかっているということで、夜、巡回の車を出したんですって。ところが一人のアメリカ人のユダヤ系のやつで、それに凝っているやつがいたらしいんです。彼等と組んで陽動作戦をやった。ある電話ボックスにみんながダーッと列を作った。向こうは馬鹿だからそれを狙ってくるんですって。その間に丘の向こうに行って、みんなでジャンジャン日本にかけた。(爆笑) パリからルーアンにみんなかけに行きましたよ、車に乗って。その点じゃほんとうに便利なんですよね。

江藤　ほんとうにそうですね。

蓮實　だから日本の便利さは十円玉だけの便利さであって、それ以上いかないんですよね。もともと国際通話なんてこと考えていない。

江藤　なるほどね、家庭にある電話機でも、これからNTTがどうするかしらないけれども、普通はダイヤル通話で外国へかけられないでしょう。そんなこと技術的には簡単にできるはずだけれども。アメリカでももちろんかけられますからね。国のダイヤルがありましてね。それからあとは日本のエリアコードを押してやれば、そのままですぐ出ますから。

蓮實　最近日本でも登録するといいらしいんですよ。KDDのほうに登録して。ただし直接通話のできる電話局とできない電話局がある。回線の問題なんですって。うちの三二三局というのはだめなんだそうです。番号を変えるか、あるいはプッシュホンに変えればかかるとKDDが説明してました。同じ電話料金払っていてけしからんじゃないかといったんですがね。

江藤　プッシュホンだといいんですか？

蓮實　いいんだそうです。どうもそういうことのようです。

江藤　あれは変なもんですね。向こうからだとダイヤルでかかるけれども、こっちから向こうへかけようとすると、一応KDDを呼んで、昔の長距離通話みたいに交換手に言わないとかからないんですね。そのままでお待ち下さいとか、一度切ってからとか、言うでしょう。

個人的な用事もさることながら、留学生を預かっていると、教務上の問題なんかで向こうの大学と連絡をとるとき、テレックスというのは、いいようでまだるっこしいんですね。電話の方が話が早いというか、少なくとも心理的な納得の度合が違うから、どうしてもかけちゃうんですね。……向こうもそうだろうと思うんだけれど。
（食事もそろそろ終わりかけ、窓外の暗闇の中に街の灯りが優しく点滅する。間断なく続いていた山手線、京浜東北線、中央線の発着する音にまじり、突然、ポーッと長い電気機関車の警笛が聞こえた）
蓮實　これはいいなァー。
江藤　これはいいねェー。
（両氏、しばし耳をかたむける）
蓮實　なんなんだろう。
江藤　貨物でしょう。
（静寂。BGMのみ聞こえる。曲は「ワン・ノート・サンバ」）
江藤　ところで、蓮實さんはいま何コマぐらい持っていらっしゃるんですか？
蓮實　コマは五つです。
江藤　それはかなりお忙しいほうですね。
蓮實　ええ。もうとにかく六九年以後は民主主義ですから全員が年齢にかかわらず平等に持つんです。一年生のチイチイパッパが二コマ、教養学科の専門科目が一コマ、映画論のゼミが一コマ、それから地域文化の大学院が一コマ。五つは少ないほうですね。先学期は七コマ持ちました。

江藤　やっぱりいろんなことをやっていらっしゃるのね。語学のごく初歩からかなりお楽しみのものまで。

わたしどもも、面白い学校で、わたしは語学の教師ではないんですが、文学概論というのをやらされておりましてね。それから総合講義というのがありまして、これは何をやってもいいんですけれども、一年生にはこのところ三、四年、公開された外交史料を読ませることにしています。東工大は教養が縦割りなんですよ。一年から四年までとれるようになっています。それで、三、四年生の総合講義では、翻訳論と称するものをやっております。わたし自身は翻訳をめったにしないんですけれどもね。日本語に翻訳された外国文学をやったこともありますが、いまのところは、外国語に翻訳された日本文学をやっています。学生の語学力からいって、英語に限られますが、これはなかなか面白くて、わりあいうまくいっているんじゃないかと思ってますけれどもね。

蓮實　それはいつごろの翻訳ですか。最近のというわけじゃなくて。

江藤　第二次大戦後のものばかりですから、わりあい最近ですね。おととしは『こころ』の英訳、それから『暗夜行路』、去年は『道草』の英訳をやって、それから漱石の初期の短篇の英訳を取り上げました。これは若い人の試みた訳で、かなり問題の多い訳でしたね。一方、『こころ』や『道草』は定評のある名訳で、呉服屋の小僧さんと同じで、本物の大島や友禅を扱わせておいて、化繊やウールは後でさわらせる。(笑)そうすると自然に眼が肥える、というそういう方式でやっているうちに、はじめは、自覚していなかったことに気がついた。わたしはだいたい点が辛くて、口やかましい教師という定評がありますから、どうでもいいような学生は来ないんですね。まぁ、それでもいいというのが来るわけです。多くて二十人、と触れて置いたのだけれども、今年はどういうわけか、三十人も来てしまって、少々困っているんですが。……まあ英語にはかなり自信があるのが来る。そうするとやがていままで英語を真正面からしか見ていなかったことに気が付くんですね。翻訳論をやると、いわば脇の下や足の裏から英語を見るというような体験をするらしい。翻訳というものが英作文とは違うということを、まず会得するところからはじまってね。まァ、めくるめくような体験をするらしいですね。それから当然みんな必死になるわけね。ぼくもつり込まれてむきになりますね。学生が困惑し、混乱してアップアップしているのを、なんとかまとめなければならないでしょう。やっているうちに面白くなってきてね。

蓮實　ぼくの場合は第二外国語のフランス語がありますから、自分で教科書を作りましてね。初等文法の。「机の上に本がある」とか「花は美しい」とかいった抽象的な文章はやめて、少なくともこの程度の知的な表現は、高等教育を受けた十八、九歳の人間が言わなければいけないという例文ばかり集めた教科書を作りまして、一年かけて文法をやるんです、一週二時間ずつ。むつかしすぎるって評判は悪いんですが、日本の教科書は、構文のやさしさと、文章の意味内容の幼稚さとをどうも混同している。そこで構文の平易さと内容のむつかしさとを一つにした教科書を作って、読み、書き、話すを徹底的に鍛える。そうすると、結構出来る学生が出てくるんですね。そのかわり、落ちこぼれも多いわけです。三週間にいっぺんぐらいずつテストをする――。小学校みたいに採点して返します。そうなると、授業に出て来ない奴はもう、めったに来なくなっちゃうわけですよ。でも、伸びる奴は驚くほど上達します。黙ってニコニコ笑っていても、外国語はね……。(笑)

江藤 それは本当にそうですね。覚えていらっしゃるかなぁ。ぼくは高校生のときにアテネ・フランセにちょっと通って、フランス語の初歩を習ったことがあるんですが、その頃、大村雄治さんというアテネ・フランセの先生の『涙なしのフランス語』という本が出た。ぼくは結局読まなかったんです、そんなことはありえないと……。(笑)

蓮實 ある時期少し辛抱してくれれば、確実にあるところまではいけるという……。最近は教師の方が少しやりすぎるというところもあるんですけれどもね。これはもう一年間かかって、毎週チイチイパッパで怒鳴り、テープを聞かせ、言わせ、そしてテストを、少なくともテストというのは採点して返さないと意味がないわけですね。これで結構時間をとられる。

江藤 そうです、そうです。本当にそうです。それが大変なんです。

蓮實 河合塾の今年の東大受験生向けのパンフレットってのがありましてね。そこに、某有名教授、実は小田島（雄志）さんなんですけれどもね。彼の英語の授業はやたら楽しくて芝居の話ばかりで、わたしが誰と会ったときといった話ばかりだ。ところが蓮實の授業は映画の話もせずにテストが非常に厳しいという。（笑）

江藤　いや、そういうパンフレットかなにかが出ているんですってね。

蓮實　そんな情報が入学前の予備校まで伝わっているのには驚きました。

江藤　いやね、ぼくも学部一年生に、一年間外交史料を読ませて、最後に、この授業を受けた感想を書けといって、別途提出させたらね、そうしたら受験雑誌に、こういう授業があるって出ていたから取った、というのが二、三人いた。（笑）ぼくはそんな受験雑誌読んでいないから知らないんだけれどもね。驚きましたね、あれにはね。（笑）

蓮實　ですから奇妙な情報の回路があるんですね。われわれが大学についてもっているイメージと全然違うんです。

江藤　本当にそうなんです。「ぼくは二浪でやっと入った身だけれども、そう書いてあったから、「ぜひとろう」と、そういうのがいるんです。（笑）そうしたらね、脇道に引っ張りこまれそうで、いま非常に恐怖を感じているなんて……。（笑）

蓮實　ついに本道に戻らないで……。（笑）

江藤　困るんだよね、そういうの。（笑）だから一生懸命早く帰れ帰れって言っているんです。（笑）

蓮實　でも、どこでどんな噂をしているか、ほんとわからない。

江藤　わからないですね、ほんとうに。蓮實さんはご自分のあだ名をご存じですか。学生が言っているのを。

蓮實　さあ、知りませんね。

江藤　わたしも知らないんですよ。どういうあだ名が伝えられているのか、そもそもあるのかないのかね。そのへんは微妙で、コンパのときなんかに探ろうと思うんだけれども、微妙な顔をして言わんですね。（笑）……歴然とある人はあるんですよ。だるまに似た人はだるまとかね。そういうのはあるんですよ。それは解っています。当節はあんまりつけてないのかなァー。

蓮實　むしろ、最近は呼び捨てというのが多いんじゃあないかしら。電車に乗っていると、隣りで同僚のことを呼び捨てで悪口言っているのがいる。（笑）そのへん、最近の学生は無警戒ですね。非常に無警戒ですね。

江藤　（笑いながら）そろそろ場所を変えましょうか。

食後のコーヒー（グリルで）

（もう一杯、コーヒーを飲もうではないか、ということになり、両氏、いったんホテルの外に出て、勤め帰りのサラリーマンで賑わうグリルに入る。ほぼ満員の店内は、生ビールを飲みつつ談笑する人々の熱気で溢れかえり、グワーンと店内全体が揺らぐが如く。その喧噪の中、廻廊状にしつらえられた中二階中央の席に。二階からは一階の喧噪がよくみえる。テーブルの上には、ランプのようにみえる古風な電灯。水を運んできたウェイターが、傘の下に吊り下げられた輪を引っ張ると、電灯が点る。成程、こういう仕掛けなのか、と感心することしきり。両氏、改めて店内を見わたす……）

江藤　いいねェー。ここはいいですねェー。

蓮實　昭和十年代の感じですね、なんか。

江藤　あした支那事変が始まる、というようなね。（笑）昭和十二年七月六日の晩ですよ、これでは。

（江藤氏、しゃべりながら、ついと立って一階を見下ろす手摺の傍らに。楽しそうに一階の喧噪をながめながら……）

江藤　小津（安二郎）さんは、こういうショットは撮らないんですか？

蓮實　そうですね、俯瞰は避けておられますね、小津さんは。

江藤　（笑いながら）見下ろしちゃいけないんですね。

（江藤氏、テーブルに戻ってきながら……）

江藤　でも、あれ、なんで映画の人っていうのは、「シャシン」って言うんですかね。あれは面白いですね。みな、この「シャシン」は、って言うのね。写真というと、普通はどうしたってスチールだと思うでしょう。ところがムービーが写真なんだものね。

蓮實　いい映画《シャシン》だって言いますね。

江藤　そう、あれはいい映画《シャシン》でしたねって言うんだね。あれは活動写真の略ですかね。

蓮實　そうだろうと思います。

江藤　ぼくらの子供の頃、小学校へ上がるか上がらない頃は、親父なんかの世代が言ったのは、〝活動〟行くか、っていう……。〝写真〟じゃなくって、素人は〝活動〟って言う。玄人のほうが〝写真〟っていうのね。それがそのうち映画って言うと変な顔しやがってね。なんだいってなことで、一瞬黙って、ああ〝活動〟かって言うんだ。（笑）

蓮實　われわれのちょっと上の世代まで、スノビズムで〝活動〟っていうのが残っていましたね。

江藤　ああ、そうでしょうね。そのうち〝活動〟っていっても解らない人が増えたから、やはり映画って、ことになったんですね。昔はモーション・ピクチャーって言ったけれども、あれは日本語だけじゃないですよね。まさにモーション・ピクチャーって、活動写真ですもの。

（コーヒーが届く。蓮實氏、煙草をもみ消して、改めてコーヒーに向かう。江藤氏、かき廻していた手をふと止めて、テーブルの上に立てかけられたメニューを見つめながら……）

江藤　どなたでしたっけ、小津さんの映画撮《シャシン》っていた方。

蓮實　ああ、厚田（雄春）さんですか。

江藤　厚田さんですか、あの方のインタビュー拝見していたら、シャシン、ってルビがふってあるんですね。あれはいかにも感じが出ていてね。（笑）

蓮實　今年八十歳になられるんですけれども、われわれがヒヤヒヤするように重いものを担いだりなさる。本来映画というのは肉体労働なんですね。一昨年でしたか、小津監督を尊敬しているヴィム・ヴェンダースって若い西ドイツの監督が来ましてね。ドキュメンタリーを撮りたいというんで、小津監督の撮影風景を再現して、厚田さんがキャメラの位置を説明された。その時、あの旧式の重いキャメラを一人でさっと持ち上げられるんで感動しました。ぼくが手を貸そうとしたって受けつけない。ああ、キャメラマンの誇りなんだなあと思いました。いまはちょっと腰を痛めて二カ月、寝ておられるんですよ。もうそろそろ痛みはなくなったと思うんですが。

江藤　もう八十歳ですか、でしょうねぇ。いや、それよりもなによりもぼくは、小津さんが亡くなったときが六十歳だっていうのがショックだった。ぼくは七十歳くらいだと思っていた。

蓮實　われわれの印象からするとね。

江藤　まあ七十歳にはなっておられると。ちょうど蓮實さんも日本におられなかったし、わたしも昭和三十八年という年は日本にいなかった。アメリカにいたんです。だから帰ってきたら小津さんはいなかった。ぼくはそんなに映画ばかり見ていたわけじゃないけれども、なんかいつのまにかいなくなっちゃったような印象をもっているのは、それなんだな。

吉田喜重を、面詰したっていうのはなんなんですか。

蓮實　あれは小津さんが東宝へいって撮られた「小早川家の秋」という映画のことで、その中に、一応若者の部分が出てくるんです。その若者の部分がもう小津さんの感性では撮れないと、無理にこんなこと撮ってもらわなくてもいいということを、吉田さんが同人雑誌に書いたわけですね。そうしたら小津さんは、あの方はやはり馬鹿じゃありませんから、好きなわけですね、吉田さんが。こいつならなんかやるだろうと。そして一年の最後に監督会のようなものがあって、そのときには、もう吉田さんの前を動かず、おれは河原乞食だ、河原乞食だ、映画監督は河原乞食だというようなことを言いながら、ひたすらからんだということですね。その後、吉田喜重さんは小津さんの映画にも出ていた岡田茉莉子さんと結婚されました。初期の小津さんがよく使った岡田時彦さんのお嬢さんですから、これも何かの縁ですね。小津さんが亡くなるまえに吉田さんは、奥さんを連れて見舞いにいかれたと言っておられますね。これは間違いなく小津さんが、吉田さんのこと、こいつは見込みありと思ったんですね。とくにあの世代の人たちにしてはめずらしく、若い人たちに期待していたんですね。

江藤　ええ、書いておられましたね。石原慎太郎の撮ったつまんない映画でも……。

蓮實　あれでも、なんかやってくれるんじゃないかと小津さんは期待していたらしいんですね。

江藤　石原さんというのも、こらえ性がないから、(笑)いろんなことをやる。

蓮實　いや、ぼくはあの映画を見て腹を立てた記憶がありますね。

江藤　ああそうですか。ぼくは見なかった。石原っていう人はね、あれは必要条件の天才っていっているんです、ぼくは。なんかやるんじゃないかって、みんなが期待してその状況を整えてくれる。だから三百万票とる。そういうことが不思議に、別にたくまないできちゃう人ですよ。これはどんなに口惜しがったって、そんな人いないんだから、天才と言わざるをえない。じゃあ充分条件をあとで自分でちゃんと整えるかといったら、このほうは絶対やらない。（笑）中川一郎が死んでから、充分条件のほうを考えだしたかなという感じがした時期もあるんだけれども、彼は今ものすごく政治がいやなんじゃないかな。……不思議な人ですよ。

蓮實　ちょうどあれはいろいろな国で若い作家たちが出てきたときで、ぼくは怒りましたね、なにをやっておるかと。（笑）久保明だったかボクシングやって殴られたわけですよ。ほとんど失明して見えなくなっちゃった。そうすると、ほんとうに画面がぼやけて見えなくなるわけです。（笑）

江藤　だけれども、あんなに技術ということを馬鹿にしている人は石原君ぐらいだ、なにをやるにしても。馬鹿にしていることはないかも知れないけれども、無頓着な人なんだな。技術を身につけたら大変なものだと思うのだけれども。

蓮實　不思議ですね。弟のほうはあるんですね、技術は。好き嫌いはともかくとして、立ち止まるときにね、うしろ姿がやはり、うまいですよ。振り向くところなんかさまになっている。

江藤　肩の落とし方なんかもそうですね。「俺は待ってるぜ」って歌があって、あれは、「俺は待ってるぜ」っていう映画の主題歌、ぼくは吉祥寺の汚い映画館で見て感心しちゃったことがある。うまいっていうか、ほんとになんかスタイルが……、もういまはすっかりヨレヨレですからだめだけれども、歌うたっているときだって、別にうまくはないんですけれども、ある種の雰囲気がある、スタイルはあったですね、裕次郎としての。

蓮實　石原さんはワープロでも導入しておられるんですかねぇ、ものを書かれるときに。

江藤　いや、やっていないでしょう。秘書がワープロで打ち直すんじゃないですか。絶対に読めないですからね。いやね、手紙をもらうと、読むのに苦労します。一年に一回ぐらい忽然とくるんです。「突然ですが……」って。（笑）どっちが表だか裏だかわからない。こうやってね、しばしば墨で書いてあったりするから。（笑）……まあ、筆ペンかもしれないけれども。

ためつすかしつして二時間ぐらい見ているうちに、ハァ、そういうことかって、解読できるわけですよ。だんだんと伝統的な美意識に徹しようとしているんだと思うんですね。書くということ自体がね。ただ彼のは読めないんで困るんだ。これ、活字になって読んだら彼怒るだろうな。（笑）いや、事実だからしようがないんですけれども。そういうときにわずかに、古典的知の領域に復帰するわけだね、……一晩。（笑）これは事実、確信を持って……。

蓮實　（笑いながら）知っているから……。

江藤　そう、知っているから。……「問題」じゃないけれども、「問題」はまた、考えてくださいい、てなもんよ。

しかし、本当にぼくはつくづく思うのよ。山手線の電車に乗っていますでしょう。そうすると、日本人ってこんなにいろいろな顔をした人がいたかなと思う。しかも非常に孤独でしょう。それぞれ個人の、まぁどんなインチキかもしれないけれども、物語らしきものを抱えた人々がいるわけですね。だからねぇ、ある映画監督が、蓮實先生でもいいんだけれども、ああいうのを上手に撮ったら面白い写真が撮れるんじゃないかと思うんだけれどもなぜ撮らないんでしょう。テレビドラマなんか全部一掃できるんじゃないか。なんでそういうことをやらないのか。小説家だってそうだけれども、あんなもの見ててね、なんかちょっとやったら、かなりいい線いくんじゃないかと思うんですね。石原君はむしろ古典的な例であって、一般に商売不熱心なんじゃないかな。（笑）もうだめになったと言われているジャンルがほんとうにだめになっているのかどうか、ちょっと一目盛りか二目盛りずらしたところから見ると、いくらでも面白いことができるんじゃないか。その結果、もっとだめになるかもしれないけれども、ひとしきりはなんかできるんじゃないかと思うのに、なぜやらないのか。そうやってやらなきゃ食べられないという世の中じゃないからたぶんやらないんであって、もう少し食べられなくなるとやるのかな。ひょっとすると、中央公論あたりがまずやるんじゃないか。

――（爆笑）――

江藤　だっていま、それはやっぱり重いけれども、キャメラだってずいぶん軽くなっている。いまや、そんな名キャメラマンを必要としないわけですよ。ビデオで撮れば、絵柄がそのまま見えるんだから。まったく共時的に見える。そういう技術的なブレークスルーがあるから。

蓮實　江藤さん、なさったらいかがですか。（笑）

江藤　一年間有給休暇をくれて、もう原稿はなんにも頼まれないで、それだけやれっていったら、一本映画《シャシン》をつくり上げて、おずおずと蓮實さんのところへ持って行くかも知れない。これはどうでしょうかって。（笑）目が眩んだとか眩んでいるとか、（笑）それでもついに、二度と再起できない……。（笑）

蓮實　〝いったいあいつはなにしているんだ、最近〟ってね。（笑）

江藤　なんだか山手線で、（キャメラを構えるポーズ）こんなことやっていたよ、とかね。（笑）……ただあのですねェー、この顔は、という顔だけ撮って歩いたら、相当面白いと思うよ。

蓮實　ぼくもいつも考えるんですけれども、テレビに出てくる顔というのは、いかにもつまりませんね。

江藤　つまらないですよ、あの顔はね。

蓮實　絶対にそこら辺歩いている人のほうが面白い。

江藤　ほんとうにそうですね。

蓮實　これはやるべきじゃないかと思いながらできないんです。

江藤　それは御用とお急ぎがあるからできないんですよ。顔とか足とかね。足というのは無防備だから、また顔以上にこれが面白い。いま変なかかとをつぶして履いている靴なんてあるでしょう。ああいうのも全部撮って、それをえんえんと流したら気味が悪くなりますよ。これはなんだと。そればっかりね、最近の足というのを、一時間といわず、三十分パーッと流すわけです。テレビで。ハイ、終わりって。これはもうみんなほんとうに革命が起るんじゃないの。

蓮實　繊維メーカーの一つぐらい倒産するかもしれない。

江藤　そうそう、絶対にね。

蓮實　そういう効力はあるかもしれないですね。

江藤　いや、なんなら「足」という写真撮るから、とお金を集めるんですよ、東京駅で。八重洲口と丸の内口に、あなたとぼくとが、こうやって（募金箱を持つ仕草）、……立てばいいと思うんです。どこか、国とか何とかを救うんではありません、まったく人道的な意味はありません、ただ「足」を撮るためだけですってね。十円でも百円でも一万円でも入れてくださいって、二年でも三年でもやるわけですよ。やがて溜まるでしょう。ゴールデン・アワーを三十分買うわけですよ。七時半から八時まで、スポンサー・蓮實重彦、江藤淳、某、某、某ってね、日立も東芝もサントリーもいれない。それで、「足」だけ、

「顔」だけ。まず、「足」、「顔」。世界のテレビ史上、こういうことは絶対ないですよ。すごいと思いますね、これは何だと。分節化を拒んでいるという……、(笑) 拒むったってねぇ……。

蓮實　それは面白いね。

江藤　顔と足のフィルム。胴体は出さない。手というのもいいけれども、手はまた非常に心理的で、美的ですからね。顔と足というのは、美的でないから面白い。手はきれいで、手というのは、非常に許せるかわりに陳腐にもなり得る……。

蓮實　表情がありますよね。だから、優れた監督は、ロベール・ブレッソンにしてもフリッツ・ラングにしても、ハッとするような手のクローズアップを撮っている。ところがいまのテレビの連中というのは、その日その日に映っている顔だけに賭けているんで、全身像で立ってみると、まるでさまにならない。

江藤　そうですね。
　だからぼくは、これをもうちょっと別のジャンルに展開すると、たとえば新聞小説がある。現状は全くつまらない、あんなもの惰性でやっているだけです。しかし、発想を一日盛りか二日盛り転換させて、こういうことを書いたら、すごく面白いと思う。

蓮實　そうですね。最近ではいわゆるノンフィクションでも制度化が進んでますものね。

江藤　それからこういうところが面白い。三越の時計売り場なんていう場所。昔っから勤めていて、もうすぐ定年の番頭さんは、もうなんでも知っているわけね。そのそばに、なんにも知らない若い女の子の店員がいて、来ている客も、いろんな人がいるわけです。だけれども、いろんな人はいるけれども、あらゆる人はいないんです。必ずきまるわけですよ、何かそこには、やはり選別と排除の法則が働いているんです。それだって面白いでしょう。それと、(周囲をみわたしながら) ここをくっつけて、オールド・ファッションという。(笑)

蓮實 「問題」を超えるわけですよね。

江藤 そうそう、「問題」を超えるわけです。「問題」をなんとかして超えなければいけない。

蓮實 ……われわれはその「問題」の歴史性というものを証明すればいいわけです。だけど、そうすると、ここが流行りになりますね。若い女の子が、やがてバーッときて……。(笑)

江藤 そうなると「問題」になっちゃう。いや、だからね、簡単なことで、小説家がちょっといい小説書こうと思ったら、問題性のないところを探して歩いて書けばいいわけですよ、正直に。あとは技術の問題で、技法がある程度までいっていれば、結構読める。

蓮實 それは別に理論的な大問題じゃなくて、小説家にとってはごく当り前のことなんです。やっぱり「問題」がないと不安になるんでしょうかね。

江藤　そうなんです、そうなんです。
そろそろ問題なき酒に移りましょうか。

ブランデーを飲みながら（二〇五号室）

（喧噪のグリルを出た両氏は、バー、ラウンジを通って宴会場から客室へ。途中、ラウンジの先の宴会場では、スナック「輝《かがやき》」五周年記念の大パーティが……。お祝いの獅子舞が踊るパーティ会場を、廊下に立ちどまって物珍しそうにながめる両氏。かたわらで、小学三年生くらいの精一杯お洒落した少女を叱る母親。……再び、赤い絨毯の敷きつめられた長い廊下を客室にいそぐ。東京駅のホームを端から端へ歩くことになる長い廊下。後の方から、「ママーッ、ママーッ」と叫ぶ声。タタタタッと廊下を走るハイヒールの音が近付いてくる。「ママーッ、待ってヨーッ、ママがいないと困るのヨ、皆ンナ待ってるのヨ、一曲歌ってヨーッ」。赤いドレスを翻して、一見水商売風の女が、両氏の真中をすり抜けるように追い越す。廊下の曲り角の先から、「何ヨ、もう帰るわヨ」という野太い声が聞こえる。思わず手を口にあてて、クスッと笑う蓮實氏。江藤氏、必死に笑いをこらえている。曲り角の先では、ママと呼ばれた大柄な〝女性〟が男連れで立っている。赤いドレスの女と、会場に戻る戻らない、の口争い。廊下の真中に立つ三人のかたわらを、「失礼」と軽く手をあげて通り抜ける蓮實氏。江藤氏、会釈しながら、あとに続く……)

(中央線ホームに面した二〇五号室。半ば、開け放たれた窓の向こうに、中央線のホームが良くみえる。黙々と歩いてきた、その緊張感をときほぐすように……)

江藤　あのね、あのおかまに追いすがっていたのが、あれはおそらく女でして、あれがさっきバーで〝社長〟のそばの止り木に止ったんですよ。

蓮實　江藤さんはたくまずして、このホテルの今夜の主役と出逢ってしまわれたわけだ。やっぱり才能だと思います。

江藤　……もう一人の方は、あれは、そのナントイウカ……。

蓮實　いや、なんかすごいですね、あれは。

江藤　そう、このいかがわしさ、素晴しいじゃないの。いかがわしさというべきか……。

(両氏、笑いながら、窓辺へ。真正面の中央線ホームには勤め帰りのサラリーマン、OL諸氏諸嬢が列をつくって、静かに電車を待っている。両氏も、黙ってその列をながめる)

蓮實　この部屋は天井もかなり高いし、……こんなところに人がいるとは、思っていないでしょうね。

江藤　そうですね、廊下も広いし。……見ているんでしょうが、こっちにも人がいてそっちを見ているとは思っていないんですね。蓮實映画理論みたいなものです。(笑)……そうすると、やがて、なんか喚くわけですね。

蓮實　(ジイッとホームをみつめながら) それにしても、ひとりひとり孤独ですねェー。

江藤　孤独ですよ、それは。

(ブランデーが用意されたテーブル。夜気の支配する窓辺から、両氏、テーブルに……、椅子に深くこしかけて、ホッと一息吐きながら……)

江藤　きのう、途中から見たのですが、……ぶつぎりの映画だったけれども、「北ホテル」。マルセル・カルネの、ルイ・ジューヴェが出るやつ。

蓮實　あれも、結構いかがわしいものですね。

江藤　だんだんこう近付いてきたな。(笑)

蓮實　ルイ・ジューヴェは名優ということになっていますけれども、かなりいかがわしい演技ですね、あれは。

江藤　そうですね。まったくくさいというか。(笑)

蓮實　他人さまはどうでもいいというか。(笑) 結論として、映画のルイ・ジューヴェは大根だと思う。

江藤　いやね、ぼくはあのころは、帝都名画座とか、ああいうところで三十円ぐらいで戦前の映画を見ていましてね。それからフランス文化協会といったかな、SEFというのがありましたね。それで読売ホールとか毎日ホールでフランス映画を見せるのですが、講演がかならずついていてね。徳大寺公英さんなんかがたぶん、しょっちゅう出てこられたと思います。たぶん徳大寺さんだったと思うんですけれども、われわれは「ムッシューお詫び」って言っていたんです。「実は今日はジャック・フェデエのこれということになっておりましたけれども、実はいろいろ問題がございまして、フィルムが間に合いませんものでございますから、これにいたします。心からお詫び申し上げます」って。でも、結構お詫びにしてもいいのをやったものですよ。

蓮實 あ、それ、ぼくも覚えてます。帝劇じゃなかったかと思いますが、美術映画特集なんてのもありまして、猪熊弦一郎さんて画家が講演して、その時アラン・レネの「ヴァン・ゴッホ」を見た記憶があります。その時司会したのが、やっぱり徳大寺さんで、当時フランス文化は、彼の一手販売って感じでしたね。もっとも、そのころは中学生ですから、美術評論家徳大寺公英さんて知らなくて、妙に慇懃無礼で人を喰った顔の人がいつも出てくるなぁなんて思ってました。そしたら、その同じ人物が、ぼくの中学の女子部の先生でもあったりして、また驚いたりしたもんです。ところで、「北ホテル」の運河沿いの光景は、あれはもちろんセットでつくりあげていますね。

江藤 あれ、セットですか。

蓮實 ええ、全部セットなんです。そのセットをつくりあげた人が、フランス人じゃない。ハンガリー人なんです。「北ホテル」は、その美術監督の最初の仕事くらいなんですが、ちょうどいまから五年くらい前に、あるフランス人と帝国ホテルで会いましてね、実は昔からなんか映画のセットを作っている、妙なおじいさんがいま東京に来ているって言うんです。何撮った人なのって言ったら、いや、「北ホテル」のセットを作った人だ。それはアレクサンドル・トローネという人じゃないのって言ったら、ああそうだって言うんですよ。これにはびっくりしまして、ぜひその人に会わせてくれって言ったら、あのセットを作ったおじいさんが、これはもう八十歳近い人ですね、当時。その人がふっと入って来ましてね。まさかと思ったんですよ。何しろ昔の映画だから、美術監督の名前を知っても、生きてるなんて考えてもなかった。しかも、その人が東京に来て、目の前で手をさしのべているんですから感動して、なんにも言えなくなっちゃった。彼の師匠にあたる人がラザール・メールソンといって、やはり亡命ロシア人なんです。「巴里の屋根の下」とか「巴里祭」とか、あれも全部メールソンのセットなんですけれども。

江藤　似ていますね、そういえばどっかね。ああそういうふうな類縁関係ですか。

蓮實　ですからフランス人がまったくタッチしていないパリの町なんです。

江藤　ああなるほどね。だからいいんだ。(笑)

蓮實　そういうことなんです。つまり当時のフランス人というのはああいうセット考えつかなかったと思うんです。外国人だからこそ、あんなに新鮮なパリのセットが組めたんでしょう。

江藤　なるほどね。こんなところあるのかなァと、ぼくは実写と思っていましたね。こんな運河があって、橋がこんなになって、そこにいかがわしいといえばいかがわしいし、真面目っていえば真面目なような小さな宿がある。ぼくが不思議だったのは、アナベラっていう女優はどうしていつまでもあんなに若く見えたんでしょう。

蓮實　そうですねぇ。あれは三九年ですか、四〇年ですか。

江藤　あれはそれこそ「巴里祭」に出てきて、マドモワゼルとかなんとかつけていたから。マドモワゼル・アナベラで出ていた人でしょう。あの頃はマドモワゼルとかなんとかつけていたから。「北ホテル」にはそれはないんだけれどもね。若くて初々しくて。なんか妙な靴はいているんだよね、あれ。きのうぼくは初めて気がついたけれども、妙な靴はいているのがいいんだ。日本でいえば、ちょっと癖のある下駄みたいな靴ですよね。

蓮實　ああ、そうでしたっけ。

江藤　草履じゃないですね。

蓮實　当時のフランス映画というのは、ほとんど外国勢が撮っていたんですね。キャメラにしても、それからとくに音楽なんかもドイツ人がつけていますしね。

江藤　監督さんだけがフランス人ですか。

蓮實　ええ、監督だけはフランス人です。ですからあれこそ本物のパリの裏街なんて思っていたら、全部外国人が作った偽物のパリの町なんです。

江藤　ああなるほどね。そうか、パリに行ったときに、どうもちょっと違うんじゃないかと思ったんですけれどもね。

蓮實　そのアレクサンドル・トローネという人が世紀末の東京に出現したんですから、ほんとうに絶句しちゃいましてね。向こうから小柄なおじいさんが、「ボンジュール」って、東欧なまりのフランス語で現れたんです。なんにも言えなくなりまして、あなたはラザール・メールソンを知っているかなんて馬鹿なことを口走ってしまった。知っているのは当り前なんです、彼のお師匠さんなんですから。ええ、もちろん知っているって彼は言うわけですけれども。（笑）

江藤　紋切り型ですね。（笑）

蓮實　ええ、まさしく紋切り型！（笑）そのくらい感動しました。

江藤　いいお話ですね。

蓮實　淀長（淀川長治）さんが、やはり日本にジョン・フォードが来ましたときね、やっぱりそれに似たことを感動して言っちゃったそうです。あなたはフランシス・フォードを知っているかとかって。お兄さんなんだから知っているの当り前なんですよ。

――（爆笑）――

蓮實　ジョン・フォードは「イエス　オフコース」って。

江藤　それはすごくいい話ですね。小津安二郎の映画で笠智衆が言う「うん、そうか」っていうやつ、あれとおんなじだ。（笑）

――（爆笑）――

蓮實　東京にもいろんな人が現れるんだなと思いました。

江藤　ほんとですね。われわれが十分知らないだけのことであって。

蓮實　……東京をそういうふうに見ている外国人というのはいるのかな。

江藤　いま東京にいる外国人というのはすれちゃっていますからね。

蓮實　そうですね。東京にいけばなんとかなるという気持ちがないと、それはないでしょうね。

江藤　だいたい最初の一月、一年くらいは感動しているんですけれど、どこに行ったってそうだと思いますけれども、だんだんいやになってくるところが出てきますからね。

蓮實　そうですねェー、確かにそうですね。

江藤　（発車ベルの音。江藤氏、そのベルの音に聞きいっている。ブランデー・グラスをもてあそぶ右手の感触を確かめるように、視線をグラスに注ぎながら……）

……実は以前、蓮實さんのご本は、『夏目漱石論』を拝見しまして、それから不勉強で、あまり拝見していなかったんですが、最近、『監督小津安二郎』を拝見した。それから、『物語批判序説』を拝見して、『反＝日本語論』をつまみ読みして、今日、こちらに伺ったんですが、……そうそう、蓮實さんが代理人をしていらっしゃる美女のお書きになった、（笑）「プロ野球論」も大変楽しく読んだのですが、……その、やっぱり映画が本当にお好きなんですね。

蓮實　ええ、そういうことじゃないかと思いますけれども。

江藤　そのへんはどういうきっかけですか。いや、ぼくももちろん、旧制中学の最後のころの生徒で、そのあと新制高校になりかわってという時代のものなんですけれども、さっきもチラッと申し上げているように、小津安二郎も少しは見ておりますし、それから「北ホテル」その他も見ているんですが、わたしも映画はとっても好きだったんですけれども、蓮實さんのこの映画に対する打ち込みかたは尋常一様でない、これはすごいなぁと思ってね。『監督小津安二郎』というのは、あれは大変な名作ですね。いや実に面白かった。まぁ、ほかのほうもあれなんだけれども、映画とのなれそめというのはどういうとこなんですか。

蓮實　ええ……どういうのですかね……いろいろな答えを用意してはいるんですけれども、全部うそみたいになっちゃう……。

――（爆笑）――

蓮實　ジョン・フォードが、外国へ行ってインタビューされましてね。なんでおまえは西部劇を撮るんだと。彼はその都度いろいろなでまかせを言うんですね。うちのおやじがカウボーイで、テキサスで育てられて、小さいときから西部をよく見ていたなんて言うんですけれども、彼はメイン州の生まれで、（笑）ありえないわけなんです。（笑）それに似たいいことを言おうといつも思っているんですけれども、結局なぜ好きなのかもわからない。自分自身に納得する答えというのは、自分でも出していませんし、まぁ、あるときから出さなくなってしまった。

江藤　だから、ほんとうにお好きなんですね。なぜかって訊くのは、それはまぁ要するに愚問でしてね。

蓮實　ただし、こういうことは言えると思うんです。まず最初に映画の洗礼というのは、われわれの世代のものはみんな受けましたですね。それに対して離れていく時期というのがあって、ぼくと同世代で映画が好きだった連中がみんな離れていきますね。そこで、昔はよかったという話になるんですけれども、ひとつ幸いしたのは、フランスに行って、われわれがくだらないといわれていながら好きだと思っていた映画を、彼らも、つまりやっぱりこれはいいんじゃないかというふうに考えていた連中がいたということですね。それが一つありますね。

それからもう一つ、ちょうどまたフランスに行ったときに、日本映画の大回顧特集というのがありまして、日本でもとても見られないようなものが六二年から三年にかけて上映された。

江藤　ああそうですか。フランスは日本映画に対する関心はずいぶん早かったんですね。

蓮實　ええ、だと思いますね。ただしそのころは、直接のインパクトはなかったですね。当時も小津はほとんど全部やったんです。だけど、騒いだ人はごく一部で、それから七〇年代の後期ぐらいにまた小津をやって、そのときにはじめて本気で小津と言いはじめた。六三年に小津小津と言っていた連中はたぶん、ぼくの知っている範囲でも四人か五人だと思いますね。

江藤　なるほどね。

蓮實　ですから、やってはいたけれども、インパクトはなかった。それが今ごろになって出てきたということですね。ですからそういう世代とほぼ歩みを共にしえたというのは、たまたまフランスに行ったということが幸いして。

江藤　そこで途切れないでずっときているわけですね。

蓮實　ええ、そうですね。まぁ、でもこれは外的な条件でして。

江藤　いや、ぼくはいくつか見ているはずなんですけれども、やはり小津ということになると、印象に残っているのは「晩春」なんですね。「晩春」はほんとうに何度見たかわからないくらい見たんですよ。封切りになったときに二度ぐらい見て、それからアンコール、それからまたのアンコールというので四度か五度か見ているはずです。それで大事なところを忘れちゃっていたなということを、ご本を拝見して思い出したりもしたんだけれども……。で、これはすごいんじゃないかと思ったんです。当時、旧制中学が新制高校にきり変わったころですね。昭和二十四年でしょうか、確か。残ってはいないと思うんですけれども、「晩春」を見たあとで、原稿用紙になにやら書きつけた覚えがある。それは要するに、つまり、なんといったらいいのかな、映画なんだけれども映画じゃないというようなね。

蓮實　ああ、わかりますね。

江藤　つまり人生が映画に流れ込んじゃっていて、映画と微妙な均衡を形づくっているかのような、それがこわれたような、そういう感じがしてね。映画もこんなことができるのかってね。映画というのはだいたいお話があって、すったもんだして、はい、終わりました。ああ、よかった。自分まで映画のなかの人物になったような気がして、三十秒ぐらいみんな美男美女になった感じで陶然として出てきて、それで終わり。まあ、フランス映画もそうだし、アメリカ映画はもちろんそうだ。だけれども、小津安二郎というのは、映画館のなかに入っても、まぁ映画館のなかに入るから不自然な格好で写真を見ているわけだけれども、なんかずっと人生がつながってきているなぁと。どういうことをやっているんだろうなという感じがしたことを覚えていますね。それでいて普通の人生とは違うんですよね、映画ですから。それは取捨選択が行なわれている。輪郭がはっきりし、かつ見えないようにぼかされているところもあるし。で、あのころはまだ子供だったから、感じてはいたんだろうと思いますけれども、はっきり自覚しなかった。今度、蓮實さんのご本を拝見して、まさにそうだと思ったのが京都の宿ですよ。あのセクシャルな感じね。あれですよ。

蓮實　そうですね。

江藤　あの近親相姦的《インセスチュアス》でね。しかしそれがこうある節度をもって表現されているところのものですね。それから二階の家に階段があったりなかったりする、なるほどな、そういうことだったのかということが、ものすごくよくわかったな。あれは面白かった。そういうことは、振り返ってみるとそれこそぼんやりと感じていたことなんですね。一度だったら感じなかったかもしれないけれども、二度三度見ておりますから、感じていて、なかば無意識のうちにほんとうに宿題にしていたようなことが、あれでたいへんよくわかったな。面白かった。ほんとうに笠智衆というのは、ふしぎな役者ですね。

蓮實　そうですねぇ。

江藤　昔からじじいで、いまでもじじいで。いまはもちろんじじいだからしようがないんだけれども。

蓮實　昔のじじいのほうが、ほんとうのじじいになったときよりもいいんですね。

江藤　そうですね。それはその通りだな。それから、原節子という人もふしぎな人ですね。あれはきれいですねぇ。なんというか光り輝くようにきれいですね。あの人はドイツ人との混血児、といわれているのは本当ですか。

蓮實　ええ。四分の一だか八分の一か、どっちか忘れましたが。

江藤　なんかやっぱりそういう西洋の血が入っているところと、それから日本的なものと、実によく調和している。今でも鎌倉のどこやらに……。

蓮實　ええ、いらっしゃるようですね。浄明寺のあたりに住んでおられる。とてもきさくな人で、ふいとスーパーへ行ったりされるらしいけれども、やはりつかまりませんね。

江藤　そうのようですね。あれがまたいいじゃないですか。つかまらないようにしているということは、これは大事なことでね。ほんとにすごく大事なことですね。山田五十鈴がずっと出ているということも大事なことです。これはこれでいいと思う。ぼくは山田五十鈴が出づっぱりで出ているということは、高く評価するんですよ。だけれども、原節子があるときからスパッと消えたということは、やっぱりそれと表裏一体の大事なことなんだね。これがプロというものじゃないですかね。さあ、どっちになるか……。（笑）

蓮實　人生の奥深さが……。（笑）

江藤　そこがむずかしいところでね。やはりたいしたもんだな。

蓮實　その点じゃ、原節子のいまの姿勢というのは、日本を超えてますね。

江藤　超えていますね。ほんとうですね。

蓮實　日本の知識人というのは、ある程度は山田五十鈴的な出づっぱりを強いられるもんじゃないでしょうか。

江藤　そうでしょうね。ただ山田五十鈴はそれに立派に耐えて、常にその期待に応えているから、それは立派だと思いますけれども。……ほんとうにそうですね。

蓮實　ちょうどカラーになってからの作品ですけれども、「彼岸花」というのがありましたね。東京駅で始まるんです。駅員が二人いて、「今日は風が強うなるぜ。あそこの新婚さん幸福そうやなぁ」ってこと言っていますとね、次に結婚式の場面になる。設定としてはこのステーションホテルなんですね。ただしそれは原節子の結婚でもなんでもなくって、ただそれに佐分利信が来賓として参列するというだけの話で、それがどうも、たぶん今日のあそこでやっていたスナックなんとかさん、(笑) たぶんあそこらへんの部屋という設定だと思います。ですからここで小津の話をするというのは、なかなか愉快なことですね。(笑)

江藤　ほんとうにそうですね。いま連日のように新聞に出ていることですが、日本の国鉄は、経営上たいへんなことになっているということなんですけれども、鉄道というものが作り上げた文化やコミュニケーション・システムがあるんじゃないでしょうか。まずイギリスに一番早く出来上がったんじゃないでしょうかね。あれは十九世紀の四〇年代の初めぐらいでしょうかね。鉄道の運搬手段で運べば「ロンドン・タイムス」がマンチェスター、バーミンガム、スコットランドにまで運ぼうと思えばすぐ運べるという状態、情報の均質化という現象がある。それと逆比例して運河がどんどんすたれていきますね。そういう産業化の側面があるわけで、それは蓮實さん、『物語批判序説』にも書いておられるけれども、つくづく思ったのは、漱石との関係でラファエル前派の絵を見に行って、それがさっき食事のときに申し上げたように、みんな産業都市にあるんですね。それはパトロネージしたのがみんな当時の産業資本家ですから当然のことなんですね。それから自分の絵を模写してたくさん描くんですね。もちろんエッチングなら刷り物ですから何枚でも刷れますけれども、はじめはエッチングのつもりでやったのが、評判がいいので、今度は油彩にしてみるとか、そういうことを実にハレンチにやっていますね、ラファエル前派の絵かきというのは。バーン・ジョーンズでも、ミレーでも、それからホルマン・ハントでもやっています。この間、伊勢丹の美術館で小さな展覧会があって、二月だったかな、見にいったんですが、つくづくそう思いましたね。ロセッティという人はイタリヤ人ですから、やや絵がうまいんですけれども、あとは実に絵が下手なんですね。基本的な技法が出来ていない。たとえばあのころのクリムトとか、ああいう人と比べたって絵はものすごく下手なんです。下手なんですけれども、なんか抜け抜けとこうやるでしょう。これはほんとうに不思議な現象なんだな。だけれども、明治の日本人が、西洋の美術に熱中して接触した最初は、あのへんじゃないですか。

蓮實　そうですね。

江藤　それから、だんだん大陸のほうに目が向いてきて、白樺派のころに印象派と後期印象派を発見する、いわば超時間的にといいますか、アヒストリカルに発見するというようなことになってくるんでしょうけれどもね。いや実に面白いことだと思うんですよ。あれはもう、自分を複製する以外なくなっちゃった時代なのかな。

蓮實　複製への要請というのは遍在的にいたるところにあるようですね。

江藤　そうですね。蓮實さんの写真の意味のご指摘は面白かったたね。写真がネガになってから、写真が写真を生むっていうやつは。真を写しているかどうかは別問題として、写真が写真を生むというのはね。

蓮實　われわれは十九世紀の中頃から後半までを、どの程度咀嚼しているかということが、現代の問題だと思うんですけれどもね。どうも十九世紀というのはかなり簡単に考えられていて、さまざまなものの萌芽的な現れがありましたけれども、それをわれわれが乗り越えたつもりでいると思うんです。いまの人というか、一部の人たちがですね。これはフランスでもそうですね。逆に近すぎるということがあるのかもしれませんけれども、その再発掘作業というのは、やはりしなければいけない。

で、話は違うんですけれども、江藤さん、『海は甦える』を、一種のノヴェルスとして書いていらっしゃいますね。あれと同じようなことを、丁度その頃生まれたフランス人についてて、わたしもやっているわけなんです。

で、その人、このマクシム・デュ・カンという人は、一応フローベールの文学仲間ってことになってますが、十九世紀をまさに自分自身で生きて、その凡庸さとか、そのいかがわしさを全部引き受けてた人なんです。文学的才能のほどは知れてますが、まぁ、自分でもそれはわかっていて、誰もやらないことをやろうというわけで、上は帝国政府の役人や権力の中枢部にまで人脈をつくり、外国の要人ともつきあい、いわば自分自身を実験台にして、冴えた人物のいない第二帝政期の生き証人になろうとするわけです。それが故に非常に評判が悪くて、フローベールの才能を妬んで彼の悪口を書いたんだろうぐらいにしか誰も思っていない。その人がちょうど、まぁ今の東京なんかとも重なりあう問題かもしれないけれども、第二帝政になるあたりから、パリを近代都市に変えていく作業がありますね。で、古いパリがどんどん壊れていく。もちろんボードレールなんかも、そういった壊れていくパリに愛着をこめて『パリの憂愁』を書くわけです。これは一級の作品として残った。ところが、マクシム・デュ・カンという凡庸きわまりない人は、彼に出来た唯一のことは、いつごろからパリが変わっていったかということを、逐一書いていくわけです。それは非常にドラマチックな可哀相な話で、あるとき自分がはじめて老眼鏡をかけなければいけない。自分の目がもういまの太陽を見られない。そのときにふと、自分は小説家ではないと。小説家にはフローベールのようなすぐれた友達がいると。詩人でもない。詩人はボードレールがいる。で、わたしはいま変わりつつあるパリを全部書いていこうじゃないかという膨大な計画をたてましてね。で、普通の人が、ちょうどわれわれが通り過ぎてしまった東京の変化する部分がわからないようなところを一つ一つ探り出す。それは資料として比較的面白いんですよ。もちろん鉄道がいつ出来て、どの線がどうのということがいろいろ書いてあるんですね。

そのときになるほどなぁと思ったのは、一八四八年当時だと思いますけれども、パリから郊外のサンジェルマン・アン・レーまで行く電車の時間表というのがあるんですね。そうするとこれは、今われわれが生きている時間表と全くおんなじなんです。始発が四時ごろで、そして終電が十二時——もちろん蒸気機関車ですが。そうすると郊外に帰る人たちは、十一時半ぐらいに支度しはじめて、飛び乗って家に帰って寝る。ちょうど江藤さんが鎌倉へお帰りになる時、ああそろそろ腰をあげる時刻だという感じがあると思うんですが、これは実は十九世紀の連中から持ちはじめた時間感覚なんですね。ということを考えて、あ、これはやはり鉄道の文化というのは、ライフスタイルの点でも無視できないなという気がいたしましたね。それは、マクシム・デュ・カンの発見じゃなくて、彼が書き留めておいてくれたからわかることなんですね。そういう凡庸なマクシム・デュ・カンという人の生涯を小説風に語るという作業をいまやっています。

江藤　あァ、それは面白いですねェー。いや、いま横須賀線は線路が変わったでしょう。地下に入り、以前の貨物線につながってしまいましたから、昔と全く同じ線路の上を走っているわけではないんですけれども、だいたい同じですね。新橋―鎌倉五十五分って昔はいったものです。東京から一時間といったかな。それが、ちょっと遅くなったので、乗客がぶうぶう言ったもんだから、また少し速くして、今はだいたい昔と同じになったんじゃないでしょうか。ひょっとすると、東京―鎌倉間五十九分か五十八分ぐらいで走っているんじゃないかと思うんですけれども、横須賀線が明治二十何年かに、軍港線として開通して以来、その頃はもちろん蒸気機関車が引っ張っていたんでしょうけれども、ダイヤが基本的に変わっていないというのは、とても面白いことですね。

蓮實　非常に抽象的な歴史を想定しますとね、初めのうちは始発はきっと七時ぐらいで、最終は十時ぐらいで、それが生活のリズムの変化につれて、次第次第に延びていったんだろうと思うんですけれども、そうじゃないんですね。百三十年くらいまったく変わらないんですね。

江藤　それは非常によくわかりますね。昨年、NHKから電話がかかってきましてね、「二十一世紀への挑戦」というのを、やっていたんですってね。ぼくはNHKの解説委員を引き受けているんですけれども、NHKは、ためになる番組ばかりやっていてくたびれるものだから、ほとんど見ないんですよ。（笑）だいたい民放の歌謡曲とチャンバラばっかり見ている。もうこのごろはだんだん年をとってきたから、夜は勉強しない。昼間もしないんだけれども。（笑）酒を飲んで他愛のないテレビを見てから寝てしまう。そんなわけで、NHKはめったに見ないけれども、出ることはたまに出るわけですね。そのときも出演交渉の電話がかかってきた。そして、NHKの若いディレクターが、二十世紀は人類の歴史はじまって以来の変化の激しい時代じゃなかろうか。宇宙船が飛んでどうしたとか言う。ぼくはそれを聞いていてコチンときましてね、なにを言っているんだと。十九世紀ぐらい変化の激しい時代はなかったんだ。とにかくキリスト紀元以来、産業革命までの世の中の変化と、産業革命以後十九世紀に起った変化とを比べてみるがいい。世の中がひっくりかえった大戦争とは、第二次大戦じゃなくて第一次大戦だった。それがだいたい世界の常識なのに、あなたがたはなぜそれに挑戦しようとするのか。〝挑戦〟という意味はそういう意味ですかと言ったら、全然そうじゃない。二十世紀のほうがすごい。第二次大戦のほうが大変だった、ああだこうだ、というようなことを言うから、ぼくはとっても、そういう議論にはついて行けないから、お断りしますって、断っちゃったんですよ。ぼくは依然として自分の考えのほうがより一般的ではないかと思っているんですけれどもね。われわれはまだ十九世紀の変化の大きさの、延長線上にいるわけであって、それを越すような変化が二十世紀に新たに起ったとは思えないんですね。

蓮實　まったくおっしゃるとおりだな。それこそ問題を捏造しているわけですよね。

江藤　そうですね。ほんとにそうだと思いますよ。

蓮實　ですから仮にそういう問題を提起しましてね、それで面白い答えが出てくるならいいですけれども、だいたい答えを彼らは持っているわけですよ。

江藤　そうなんです。いや、だからぼくはそれも言ったんですよ。二十一世紀に向かって日本の安全保障についてどうとかこうとかって言うけれども、ちゃんともうNHKのほうで答えは決まっているんでしょう。これだけは言ってもいいけれども、これから先は言っちゃいけないんでしょう、と言ったら、まぁ、そうですって言う。だけどぼくは出たらいろんなことを言いますよ。そうしたらそれは切るんでしょうって言ったら、それは切らざるをえないでしょうって言うんですよ。なにを言ってもいいんだったら出てもいいけれども、それは、あなた失礼だけれどもお若い方のようだから、上司とご相談になって、わたしの注文どおりにさせてくださるなら、出ないこともないけれども、たぶんそうじゃないだろうから、そうじゃないときは、またお電話くださらなくて結構ですって言ったんです。ことほどさように始めから答えがきまっているんです。

そうだ、これは一度、せっかくお目にかかるんだから伺っておこうと思ったことがあります。さっきの、映画がなぜかお好きだということ、よくわかるんですが、それから言葉について意識的にいろいろお考えになっていらっしゃるということも存じ上げているんですけれども、蓮實さんはその、文学は好きなんですか。

蓮實　これは大問題ですね。(笑) おそらく、いくつか事態を反転していきますとね、自分しか文学が好きな人間はいないという反転になりうる瞬間はあると思います。

江藤　ええ、もちろんもちろん、もちろんですとも。そういうことは百も承知の上で伺っているんですけれどもね。

蓮實　ただしですね、いわゆる文学一般といいますか、小説の未来はどうかとか、現代における作者の位置は、とかいった「問題」になってきますと、自分はこれだけを背負っていこうという気はおそらくないと思うんですよね。

江藤　でしょうね。ぼくはね、蓮實さんは、日本語だけじゃなくてフランス語その他の言語についても、深くお考えになり、いろいろ経験もしておられると思うんですが、それだけに、コンヴェンショナルな言語について、かったるいなぁというなにがしかの気持ちがあるんじゃないかなぁと、すごく……。

蓮實　ううーん……。

江藤　すごくっていうのはずいぶん若向きの言葉なんですけれどもね。(笑)それとの対比において言えば、映像の芸術である映画には、映画的言語というものがあるわけですね。映画における言語では、いわゆるコンヴェンショナルな言語の力も作用しているけれども、それが説話的に、蓮實さんのお言葉を借りれば説話的に展開しようが芝居的に展開しようが、そうでない、サブランゲージ・ストラクチャーとでもいうようなものもあるわけでしょうね。

蓮實　ええ、ええ。

江藤　それは完全に許容できるし、エンジョイできるけれども、その言葉の網の目というものについての、なんというのかな、……いやわたしだってそのお気持ちはよくわかるし、ほとんど同じ気持ちかもしれないけれども、それはちょっとしんどいぞというようなお気持ちがあるのかな、ないのかなという、そのところを教えていただきたい。

蓮實　たぶん、こういうことじゃないかと思うんです。なにが文学かという問題は一応おいておくとしましてね、文学的といわれているものがあって、たぶん一般に文学的といわれているものよりは、記号と言ってしまうとまた非常にからっぽな感じがするんですけれども、そういったものを慈しみたいという気持ちはあると思うんです。これはあとでお話出るかもしれませんけれども、ロラン・バルトという人がいて、彼がやっていることは、これはあまり言ったことがないんですけれども、一種の、針供養というのがありますね、お豆腐に針を刺して一年間どうもありがとうという、あれとおなじように記号供養というのをしている人じゃないかという気がするんですね。どうもいろいろ、あなたの世話になった、おまえを使っておれはかなりいろいろなことを言ってみたし、おまえを裏切ったことがあるかもしれない、ただし一年に一度、おまえの苦労をねぎらってやりたい――それが彼の批評を書くということですね。それを、ふだんは無意識に汎用している言葉をなんとか供養したいと、そういう気持ちは、ぼくもおそらく言語記号についても、それから映像記号についても持っているような気がするんです。いつかその、お礼というと変ですけれども、少しねぎらってやりたいと。それで自分なりに、まったく理論と関係なしに、自分なりに自分の仕事をちょっとこう振り返ってみたときに、あっ、ここでこの種の記号に自分は供養をしているんだなっていう実感みたいなものはありますね。ですからそれが文学と重なったときに、文学は好きだというふうに反転するような立場になりうるんじゃないかと思うんですね。

江藤　なるほど、なるほど、これは非常にきれいなお答えで、（笑）どうでしょうか、そういうふうにお感じになることと、フランス語をおやりになったということと関係ないでしょうか。

蓮實　ええー、それはですねぇ、……フランス語ということに結局いきつくのかもしれませんけれども、まず、フランス語だとか英語だとかいうことは関係なしにですね、それから今日の記号論的な、言語学をもとにして記号学を設定し、そしてその上に文化論を築くというような、言語学中心主義みたいなものには、むしろ反対といいますか、ついていけないところがあります。

江藤　それはいままで、ぼくはそこのところがよくわからなかった。今度ご著書を拝見してよくわかりました。そういうお考えであるということはよくわかりました。

蓮實　おそらくそれより以前に体系化されていない記号に対する執着みたいなところから文化というものは出てくるのじゃないかと思いますので、そういうものに共鳴しうる記号を見たときに、要するに存在が揺さぶられるようなことが、それを自分なりに文学というならば、やはり文学は好きなんじゃないかなという……。（笑）

江藤 うん。そうそうそう、それはよくわかる。これは小津安二郎でもプロ野球でも、物語批判でもいいんですけれども、やっぱり蓮實さん、批評家ですね。批評家という意味は、これは、なんていうのかな、積極的な意味で申し上げるんですが、つまり冷凍イカみたいなのはだめなんですよ。冷凍イカというのは批評じゃないんです。だけれどしばしば批評は冷凍イカになるんですよ。というか、冷凍イカでしかない批評が非常に多いと思います。でもイカは十本の足をこうやってしなやかに動かしていなければいけません。その動きたるや、千変万化で、潮の流れが変わり、プランクトンがこっちに浮いたりすると、イカはそれにつれて非常に優雅にこう動くわけです。その動きが批評でしょ。それが批評なんですね。そういう批評というものは、なかなかないんです。ぼくは三十年批評を書きつづけて苦労しているけれども、結局そういう批評を書きたいと思っているわけです。蓮實さんの『監督小津安二郎』に一番よく出ているかもしれないけれども、あなたが代理人をしていらっしゃる美女のにもあるいは出ているかもしれない。そういうなんというんですか、しなやかな動きがね。批評というのは理屈そのものなんだけれども、その理屈が動いていなきゃしようがないわけですね。それもしなやかに動いていなきゃいけない。それをやっていらっしゃるなぁということは、ひしひしと感じるんですね。それがぼくはとても嬉しい、そういう精神があるということを確認できたことが大変嬉しいんです。

ただそこで問題なのは、そういう精神の動きによって、一見混沌と見えるけれども、さまざまな分節化の可能な記号を拾って、ああこれだっていうときに、よってもって拠りどころとする言葉の問題ですね。くるっと回って文学にかえったというか、文学をさわっているという感じになるという、その感触は実によくわかるんですね。ただ、ぼくは英語をやった人間ですから、あなたとちょっと感じかたがちがうかも知れない。フランス語も好きだったんです、ほんとうは初めはフランス語をやろうと思っていたんですよ。しかし、いろんな理由があって英語をやったんですけれども、まァ、英語とかフランス語とかいうのはどうでもいいんです。それにしても、なぜ日本の批評は、とかくフランス語をひとつの基準にして、フランス語の文化を基準にして動いていかなきゃならないことになったんだろうと思うんですね。それはどういう理由なんでしょう。

小林秀雄が仏文科出身だったということはあると思うんですよ。歴史的事実としては。だけれど、それだけなのかなと思う。その問題は、こういうふうにもいうことができる。つまりフランス語圏の文化現象とのアナロジーで日本の文化現象を見なければならないことに、われわれはなっているのだろうか、そうでないのだろうか。そういうこととも関係するわけですね。

もうひとつ言えば、たとえば徳川時代の日本人は、おそらく漢文の世界というものを一方において、それとのアナロジーで日本の文化や歴史を見ていただろうと思う。かつて漢文だったものが、文芸の世界では、いつのころからか、フランス語になったのか。政治や経済の世界ではどうなのか。さぁ、そこでどういうことになるのかなというようなことを感じるんですが、そのへんのお考えをちょっと伺いたいんです。

蓮實　そうですね、まずこれは、ある程度日本の現実ですから、原理の問題がいえると思うんですね。つまり自分のことをいわなくても、小林秀雄から始められるということなんですけれども、実はあまりそういう形での批評的な言語の流れのなかに、自分を位置づけたくないなという気持ちは初めからあったんですね。ですから別に誰かの弟子という形で、批判的に何々を継承するとか、文芸批評を刷新してやろうという気はなかった。もちろん江藤さんもそうだと思うんですけれどもね。ところが、最近の若い人たちのものを読むと、なぜか非常によく勉強していましてね。江藤さんの位置なんかもちゃんとあるし、それからぼくのようなものの位置さえ、ちゃあんと決定してくれてる。それをたどると、いま江藤さんがおっしゃったように、どうやらぼくはフランス系というところに位置づけられてしまうわけです。ですけれども、自分が何から批評的な姿勢を学んだかを考えてみると、それはどうしてもアメリカ映画なんですね。アメリカ映画の一つは三〇年代から四〇年代にかけての完全な起承転結を持った活劇ですね。たとえば江藤さんも書いてくださった問題多き『夏目漱石論』などというものは、どうみてもぼくは、ワーナー・ブラザースの犯罪活劇を撮っているつもりで書いているわけですねェー。ですから、その奇妙な運動感みたいなものがどこかで出てきて、それが江藤さんがおっしゃったような、くるくる回っているというような、（笑）自分ではこれはアメリカ映画だというふうに思って書いているんですね。

江藤　ああなるほど。それはわかる感じだ。

蓮實　そんなことというと非常に不謹慎なことになるんですけれども。

江藤　いや、とんでもない。

蓮實　それがあるんですね。ということは、逆にフランス系の伝統というものに対して、ある種の反抗を試みているということになるんじゃないかなと自分ではいつも思っているんですが、なにしろやっていることがフランス文学だし、出身が仏文ですから、みなさん、そう思ってくださらなくて、ぼくの好きな映画はぜんぶフランス映画だと思われたりですね。（笑）

江藤　いや、それはね、『反＝日本語論』は、全部拝見していなくて、ところどころつまみ読みしたんですが、あのなかで、ジョージ・キューカー、「青い鳥」、なんでそんな自分は西日の射すバスに乗って家へ帰るか、あのエピソードを拝見してね、へえーッと思ったですよ。へえーッていうのは失礼だけれども、この人こんなにアメリカ映画見た人なのかねと思った。（笑）それは非常にいい感じだった。ぼくもアメリカ映画は見ましたけれども、もちろんどっちみち蓮實さんに比べりゃ一〇対一ぐらいの割合でしか見ていませんけれどね。やはりそうですかねぇ。

蓮實　ただし不幸なことにといいますか、自分でも幸福だった部分はあると思うんですけれども、ちょうど自分が文学に関心を持ちはじめたころに、一方にロラン・バルトがいて、それからしばらくすると文学とは関係のない、まったく無関係な哲学のような方面からジル・ドゥルーズのような人が出てくる。バルトからは、さきほど申しあげた通り、記号供養ということの必要性を学んだ。ドゥルーズからは、たとえば映画が思考による分析の対象である以前に、思考を刺激し、同時にその限界をきわだたせもするものだということを学びました。だから、自分がフランス語やってよかったなァという気持ちは、率直にいってあるんですね。それが日本に波及してくる。それからまたアメリカなんかにも波及していく。アメリカの場合はデリダですけれども、アメリカの現代の批評界のデリダ一辺倒ぶりなんかよりは、日本の状況のほうが、柄谷（行人）さんがおられるとか、いろいろ批判的にデリダを読んでおられるし、位置づけもできる状況なんかのほうが、逆にフランスを基準にしたものの考え方よりも、よりこなれたところまで批評的な言語はきているんじゃないかなという気はするんですね。ただし、なにせフランス語の教師でありフランス文学など教えると、どうしてもフランスということになってしまうというのは……。

江藤　どういうことなのかな。日本で、たとえば言語という問題について、少し深く考えようとするときに、よってもって立つべき砦というものが、デリダでもいいし、バルトでもいいんだけれども、フランス語になりがちだというのは面白いと思うんですよ。これはいったいなんだろうと思うんですね。それはちょっと前には、言語っていったらオグデンとリチャーズだった時期があった。そういう時期も多少あった感じですが、ただこれは、戦争が起ったりして、チラッと閃光を発して消えちゃったようなもので、戦後アメリカでニュー・クリティシズムとして通俗化されたということはあった。けれどもデリダやバルトと、日本の若い批評家と、どういうアフィニティーで引き合うのかなという感じもあるな、一つにはね。

蓮實　はたしてアフィニティーがあるのかどうかかね。

江藤　それもわからない。もちろんそれもわからない。それからもう一つ。そうなると、たとえばエクリチュールというものは、蓮實さんもおっしゃっているように、ヨーロッパ人は、フランス人でもいいのですけれども、比較的最近発見したことで、だいたいディスクールを重んじていた。音声、言葉っていうのは音声だと。そのとおりだと思いますね。だいたいあんなアルファベットで表記するなんていうのは、そんなことにきまっている。そこへいくと、こっちは漢字があって仮名があってエクリチュールの幅も広いし、奥行きも深い。さてそこで、われわれの言葉、国語というものを考えてどんどん遡行していくと、これは要するに、もともとトランスクリプション・システムを持たない言語だったたという事実に行き当る。つまり文字がなかった。それで漢字を輸入して国語を表記するシステムを考案し、さらに仮名を発明して表記法を確立した。それが大体西暦八世紀以降のことですね。だからエクリチュールの確立は八世紀以後のことであって、しかもそれが形態的にも非常に複雑な体系を持つものだから、われわれはだいたい言葉を習うといえば文字を習うことだと思っている。文字があるやつは学者で、文字を知らないやつは無学だということになっていくわけですね。これは近代以前からそうだった。そういうことを考えると、つまりそこまでいっちゃうと、さて、そこでどうなるのか。まぁ言語というのはみんな多少とも似たようなものなんだけれども、われわれの国語の特性はなんなのか。そんなものがあるのかないのか。言語というものを深く考えようとするとき、そのへんのことはどうなるのかという問題があると思います。われわれはいつも外国語を深く考えようとはするけれども、国語についてはあまり深く考えないまま過ぎてきているんじゃないだろうかという感じがあるんですね。

蓮實　ええ、それはありますね。

江藤　もちろん、宣長という人は、例外的にそれをやろうとしたんだろうと思うんです。しかし、それでいいのだろうかという感じがあってね。つまり外国語を深く勉強し、深く考えることは大いに結構だとしても、その単なる投影として国語を考えるということを繰り返していっていいんだろうかと。つまり、もう少し国語について親身に考えないといけないんじゃないかという感じがするんですが、そのへんはどうなんですかね。

蓮實　ええ、そのことは気にはなっているんですが、最近では原理として、絶対に深くは考えないというふうにきめているんです。絶対に深くは考えないというのは、まず深く考えはじめると、どうしてもインド゠ヨーロッパ語圏における図式のアナロジーに陥ってしまうんですね。言語学にしても……。

江藤　アナロジーの魔があるわけですね。

蓮實　ええ。言語学にしても、インド゠ヨーロッパ語ファシズムというような形で世界を覆っているわけですね。ただし世界には、川田順造なんて人類学者がいっている無文字社会というものも存在するわけなんで、現代の言語学理論では、地球の言葉のコミュニケーションにはとても追い付かないわけですね。にもかかわらず言語学というのはかなり高度な学として成立しているということ自体をまず疑いたいというか、その虚構性を、自分自身あばくというほどの力はありませんけれども、たえず頭のどっかにひっかけておかないといけない。

江藤　それは大切ですね。

蓮實　にもかかわらず、お手本というものを、手軽ですからついわれわれは考えてしまう。そのお手本そのものの、たとえば東大の、東大でもどこでもかまわないかもしれませんけれども、言語学科で何をやったかというと、まず系統論ということになる。系統論というものはインド＝ヨーロッパ語がつくりだしたものであって、系統が存在しないということだって大いにありうるわけなんですね。ですからそういうふうに、成立しえないはずの言語学をいま成立させているものが何かということを自分なりに考えたい。ただし、では日本語をそれによってどう考えたらいいかという基盤そのものを、アナロジーを排して自分の身に課した場合、ほとんどこれはわからないわけなんですね。

江藤　そうですよ。それはとってもいいお答えですね。（笑）なんていっちゃいけないかな。（笑）ほとんどわからないですよ。ほんとにそうです。

蓮實　もちろん、わかっているつもりの虚構を、まぁ、大学なり言語学者たちが考えるのは、それは虚構としては有効だと思うんです。有効だというのは、まず頭の勉強になりますからね。（笑）

江藤　頭の体操として。

蓮實　ええ、頭の体操として非常にいいということがあるんです。また西欧世界というものの成立基盤を理念的に究めようとするためにも、決して無駄ではない。けれども、言語の本質的な部分に具体的に迫ろうとすると、言語学が始めから見落しているこういった側面があるではないか、あるいは言葉にこんな豊かな表情があるではないかといった問題に矢継早やにつきあたってしまう。ということを、それならそうした表情や側面を妙なアイデンティティの意識なしに、不意にみんなに示していけたらいいんじゃないかと思う。まぁ、いってみれば有無をいわさぬ迫力ある言語的実践をしてみればいいわけです。ところがそのパフォーマンスがいま非常に枯渇していると。やってくれる人があまりいない。その芸もない人たちがパフォーマンスにしゃしゃりでることが多い。ですからそういうものに対して、なにかこう歯止めのようなものを自分なりにかけていきたい、そこまでしかぼくにはできないんじゃないかという気がしますね。ですから、実際に、芸として、あるいは技術的な達成として演じられたものに、さまざまな感性をもって応じられるならば、それが自然に日本語の問題ということになるんだと思います。ただし、それに感性がついていかなくなったり、あるいは演じている側のパフォーマンスが非常に貧しい場合には、日本語の問題というのは消えていくんではないかと思います。これは非常によくない考え方で、つまり、なるようになるということにも通じるわけですけれども、（笑）それこそまさに日本的な悪徳であり、柄谷さんなんか絶対にそういうことはいかんとおっしゃるかもしれないんですけれどもね。その部分がないと、どうもその、一つ想定された理論からアナロジーを引き出すということは徒労に終わるんじゃないかかな。

江藤　それはそうでしょうね。柄谷さんが何を考えているのかぼくにはよくわからないところもあるんだけれども、彼はちょっと冷凍イカみたいになっていると思うんです。つまり、しなやかな、自由な運動から少し遠ざかっている、どうして遠ざかっちゃったのかなという感じがするんです。それはやっぱりあんまり健康なことではないような気がしているんですけれどもね。まぁ、それはそれとしておいて、ぼくら東工大で、仲間は少ないんですけれども、文学や言語学をやっている連中が何人か集まって、本居宣長を読むという研究会を一年半ぐらいやってきたんです。だいたい概括的な様子はわかったから、この五月からは、『古事記伝』をやろうということになっているのですが、あるときある人が、これは女の方で、非常勤講師として留学生に日本語を教えておられる先生が、万葉集の長歌を、一つの例示として持ってこられたんですね。数カ月前のことですけれども。そのときその人麻呂の長歌のなかに、「葦原の瑞穂の国は神ながら事挙せぬ国」という表現があることに気が付いた。この「事挙せぬ」というのは、蓮實さんも覚えていらっしゃるかもしれないけれども、戦争中よく使われましたね。要するに、なんにも文句いわないで、黙って死ぬんだということを、「事挙せぬ」というのだといわれていた。ぼくはほんとうにそうなのかと、少なからず疑問に思っていたのです。そのテキストはいま持っていないんですが、……鞄の中に入っているかな、ちょっと取ってきます。

(江藤氏、自室にコピーを取りに行く。蓮實氏、半ば開けられた窓の向こうに眼をやりながら、「駅のアナウンスも良く聞こえるんですね」とポツリ。発車ベルの音)

(江藤氏、登場。「どうも失礼しました。ヤ、ありました、ありました」とうれしそうな声。コピーのページを繰りながら、「ああ、そうか、……えーとねェ」。ブランデーを軽く一口。コピーを読みはじめる)

江藤　葦原の　瑞穂の国は　神ながら　事挙せぬ国　然れども　事挙ぞわがする　事幸く
　真幸く坐せと　恙《ツツミ》なく　幸く坐さば　荒磯波　ありても見むと　百重波　千重波し
　きに　事挙す我は　事挙す我は

というのが長歌で、反歌が、

磯城島《シキシマ》の日本《ヤマト》の国は言霊の幸はふ国ぞま幸くありこそ

というんですね。これは柿本人麻呂の、旅に出る人を送る歌なんです。そこで、万葉仮名のほうの、つまり漢字のトランスクリプションを見ると、「ことあげ」の「こと」については、事物の事と言語の言が、互換的に使われているんです。「事」と「言」ですね。それで少し調べてみますと『日本国語大辞典』などでは、語源の詮索について、国語学者はどこかで行き詰まっていると思うんですけれども、「あるいは同語源か」と書いてあるんですよ。

ハテ、それでは「言」と「事」が、同語源から出ているということになると、いったいどういうことになるのだろうかと思って、興味をそそられましてね。これはおそらく選別と排除の法則では、覆えないような言語認識が作用しているにちがいない。つまりそういう言語認識、言語観というか、言語に対する態度があったからこそ、中国語でトランスクライブしなければならないときに、あるときは事物の「事」を当て、あるときは言語の「言」を当て、ときには辞書の「辞」を当て、というように、現代の語感からすると、かなり恣意的にみえるんですけれども、八世紀の日本人にとってみれば、ある必然性があってそうしたにちがいない。いままでに知るかぎりでは、宣長も『古事記伝』では、そのへんの仕分けは、あまりやっていないらしい。いったいぜんたい、この「事」と「言」との関係はどうなっているんだろうと。つまりこの背後にどういうエピステモロジーが隠されているのかということは、（笑）まぁ、なにもなくて、単にそういうことだけなのかもしれないけれども、よくわからなくてね。そういうことも少し考えてみなければいけないんじゃないだろうか。そういうことを究められればそれを一つの機軸と仮において、すべてこれは理論的仮説にすぎませんけれども、逆にフランス語や英語に投射してみたらなにがわかるだろうか。そういう言語学を考えてみたらどういうことになるのだろうか。わたしには、そんなことをする力もないし、皆目見当がつかないんですけれども、今度、五月から、『古事記伝』を少しずつ読んでいく過程で、そのへんのことを少し考えてみようかなと思っているんですけれどもね。

蓮實　その場合の「こと」、音は「こと」だったんですね。

江藤　ええ、音は「こと」です。

蓮實　その音声としてのコトが、どこまでカバーしているかわからないということなんですね。それはわれわれは無知であるのか、つまりわれわれといいますか、言語学者がですね。あるいは文献学者が必要な知識を持ってはおらず、ある時期が来たら解決できる問題だと考えるべきなのか、それとも、こういう例がある以上は、事実このようなことが慣用的に行なわれていて、重なり合う意味の間の境界線がないことが自然であったとも考えられるわけですね。その問題を決定しようとすると、それこそ決定不能性に陥るわけですね。

江藤　そうですね。

蓮實　その決定不能性というのが、実はインド＝ヨーロッパ語系の言葉でも、かなりありながら、実はなかったことのようにして過ごしているわけですね。ある一つの音を持った単語に関して、綴りその他でなんとか埋め合わせをつけて、これは違うことなんだということを言おうとして今日まできたわけです。それができないということを、たとえば何人かの人たちはやっているわけですね。つまり同音異語というのをたくさん集めていけば、当然そういった音とそれからエクリチュールとの関係なんか全部、無効にされるような言葉も、実はフランス語にも英語にもいろいろあるわけですね。あるにもかかわらず、ないというふうにしていき、最終的に、ちょうどそれ面白い問題だと思うのは、デリダのディフェランスというのがそれに当るわけですよね。音聞いただけじゃわからない。ただ日本語で書いていけばディフェランスというのは、差異のほうも認めますと書けばいいし、という問題があるけれども、いつもそれは言葉の状態として、「事」、「言」、という、「こと」とは関係なしに、言葉の状態として、そのての曖昧さというのがいつもありながら、なぜかそれが曖昧でないかのごとくに振舞ってきた、言語学的な知ですね、それをたとえば、「事」、「言」、までにさかのぼって暴くかですね。つまり日本語の問題として。それからあるいは日常的にもこういった例がたくさんあるじゃないか。英語でもあるじゃないか、フランス語でもあるじゃないかという形で暴くか、これが戦術的に二つ可能なことだと思うんですね。たとえば「こと」というのが非常に重要な言葉である以上、これは日本語の問題としてそこまでさかのぼってみる必要があるだろうし、同時にそれは現代言語学の一つのアポリアでもあるわけだから、現代のほうへ引っ張って、より普遍的な問題にすることもできるんじゃないかという気がしますが、こと「こと」に関しては、ぼくはどうも。(笑)

江藤　現在編纂されている、日本語の辞典というのは、たとえばＯＥＤに比べれば、同じシステムで編纂されているはずの小学館の『日本国語大辞典』にしても、いろいろ批判もあるし、よくやったというのもあるし。派生語を見ていますと、「事」と「言」というのは実に多いのですね。それがすべて「こと」という音に吸い込まれて行くような、あたかもブラックホールを見ているような感じがするんですね。何ページかにわたって並んでいる派生語が、にわかに「言」、あるいは「事」の一点に集約して、「あるいは同語源か」という但書がついている。(笑)そうすると、これはいったいなにごとであるかという感じになって来る。だからまぁ、それをいったいどうするか。どうするかと正面から突き付けていくのが戦術的にいいのか、それとももう少し迂回したほうがいいのか、それはわたしもわからないんです。わたしは知識もないし勉強も足りないけれども、これは結構面白いことかも知れないという感じがするんですよ。

その場合、インド＝ヨーロッパ語系の言語学についていえば、おそらく「言」と「事」の差異などというものは、きちんと弁別されて、そしておそらく制度化されている。学問というのは実に制度的なものでね、制度に、なんというのかな、過不足なくというか、不即不離の関係を保ちながら動いている。そうだとすると、学問ていったいなんなのだろうということを、なにかの拍子にふと考えることがあるんですよ。言語なんていう根本的な問題になると、そう滑稽ともいってられない。それはそれで長年の知の積み重ねがあるはずだから、それはそういうふうに整理するならしてください。大いに参考にさしていただきましょうという感じにもなるんだけれども、もうちょっと生々しい社会科学的次元のことを考えてみると、却ってわかりやすいかも知れない。そうすると、学問というのは、花柳流の踊りなのかなという感じがして来ることがある。藤間でも西川でもいいんだけれども、そういうものなのかなという感じがすることがあるんです。たとえば、東大法学部の学問は結局学問なのか、それとも花柳流の踊りなのか。まぁ花柳流の踊りを、ぼくは別に馬鹿にしているわけじゃないですよ。名人上手が踊れば、それはいいにきまっている。そこらへんのおさらいの会にいったってだめだろうけれども、何々という名人が踊れば、非常に感動的な踊りになるだろうと思うんですが、それからちょっと一つ下がったところの、名取りさんたちの踊りぐらいかという感じがするんですよ。それはそうでしかないのか、そうでなくもあり得る手立てがあるのか、それはあなたお書きになっていらしたでしょう、『物語批判序説』で。つまり、どこまでいったって「問題」のなかへ取り込まれちゃうと。「問題」に逆らおうとすることがまた「問題」になっちゃうと。「問題」になっちゃったらどうしようもない。さぁ、どうしたらいいんだという。……(悪戯っぽく笑いながら)それで、どうしたらいい?

蓮實　──(爆笑)──

江藤　(笑いながら)ひどいことになってきた。……最近はですね。ひとつは、今のお話、それこそスクールですよね。それで十分だという部分はあると思うんです。

蓮實　ええ、ありますね。技芸の伝承とか、そういうことですね。

江藤　もうひとつは、自分が、最近つくづくそう思っているんですけれども、ええー、……それは要するに人生の問題であると。

──(爆笑)──

蓮實　ほんとですねェー。(笑)ほんとですよ、それは。しかし、蓮實さんからそれを聞くっていうのは、感動的だね。(笑)これはいいね、感動的で。(笑)……そうですね、そういわれればそうですすよ。

蓮實　つまり体系としてのスクールがあったということですね。それを越えたような人が講壇の上にいて、われわれが及ばないような顔をしてすごいことをしゃべる。それが正しいか正しくないかといったことを越えて、ただもう人間として負けましたっと言うほかないような人がいればいいんじゃないか、という気がしているんですね。(笑)

江藤　ほんとですね。どっかにいらっしゃらないか、(笑いながら) そうすれば、千里の道を遠しとせず……。

蓮實　つまり、ぼくたちが生きている時代のつまらなさというんでしょうか、だれも本気で負けましたっていう体験をしていないと思うんですね。決定的に負けていない。とりあえず、この水準ではあいつの方が旗色がいいけど、なぁに……といった相対的な劣勢しか体験していない。これはひとつの、日本のいいところかもしれないけれども、悪いところかもしれない。いいところかもしれないというのは、それがないことによって、無意味で、非生産的なコンプレックスというのがあまり日本人にないということなんですね。それはある意味ではいいことじゃないかと思うんです。つまり負けましたっていうのは、ヨーロッパであれば、生まれの問題だけできまっちゃう場合もあるわけですね。しかしそのてのものが日本には比較的ない。

江藤　なくなっちゃった。

蓮實　なくなっていると。いいことか悪いことかともかくとしてあまりない。あるとしても、せいぜいが知識が多いか少ないかといった程度の問題にすぎない。あるいはことによると、どこかに知識の及ばないようななんかすごさを秘めた無気味な人がいて、（笑）ハァーッというほかはない。そういったものに対する渇望みたいなものはありますね。ときどきやはり、ぼくにはそういう人がいるわけで、しかしその人は決して存在じゃないんですね。つまり事件としてある瞬間にそういう人に遭遇することはある。ただしその同じ人がいつもそのような答えを出してくれるということじゃない。

江藤　それはそうです。

蓮實　ちょうど名人でも失敗があり、それから、あるいは名人の失敗にわれわれは感動するということもある。

江藤　そこが蓮實批評のいいところなんです。つまり、こう動くんです。（笑）ぼくは非常にいいと思う。今度はじめて発見して、これは批評家だなと納得した。いまのはちょっと傍白的に申し上げたんですけれども。

蓮實　残念ながら、日本の大学でそういう体験をしたことないわけですよ。

江藤　体験はおそらくできないでしょうね。

蓮實　今後もわれわれが与えうるという保証はどうもない。

江藤　それは出来ないです。いまのように制度が確立して、……制度はいつから確立しているのか、かつて確立し、また改めて確立して今日に及んでいるんですから、それはないですね。そういうことはありえない。ありえないとは思うんですけれども、おっしゃることはよく解るんでしてね。そうなんだな、ちょっとすごいぞというか、無気味なというか。（笑）そうだ、これは蓮實語にあるんだね、「無気味」っていうのは。急に階段がドカッとか、それから桟橋が出てきて「無気味」だとか。

蓮實　それやっちゃいましてね。（笑）じゃ、どうして教師なんかしているんだろう、と。

——（爆笑）——

江藤　そりゃしようがないよ。それは社会生活を維持しなきゃ、やっぱりね、国民経済のなかで幾分かのシェアを得ないといけないしね。それにある種のもっともらしさというものを必要ともするし、そりゃしようがないですよ。

蓮實　かつて、学生と団交の席ではまさに自分自身の生活のための糧として教師をしてるわけで、サラリーマンと何ら異なるところはないなんてことを開き直って言ったりしましたけれどもね。やはりそれでいいのかということは思います。

江藤　そりゃそうです。わたくしも、とりあえずアメリカで開業して、帰ってきて非常勤から専任と、まずまず教師になってから二十年、やはり教師というのは、わりあい居心地がいいんですね。なにがいいのかわからないけれども、そんなすごいことになるということはまず考えられない。まァ、なんといいますかね、……ただね、これはちょっとぼくは、蓮實さんと違う感覚を持っているかもしれないのは、正直に言って、工業大学の人文社会系の教師というのは、永久に外様なんですね。大学院教官に併任されようが、博士論文の審査をしようが、理工系の先生たちと全く同じことをやっていても、いわばわれわれはいつもなくてはならない余分なものなんですね。ということは、つまり制度のなかに位置せしめられながら、意識としては、それをどこかで相対化して見ていることができるということです。これは、わたしが教授会の一員として、義務を怠っているという意味ではいささかもない。わたしは義務はちゃんと果しているつもりだし、むしろ律儀に果しているとすら思うんだけれども、それと個人として意識が一目盛りずれるということとは、別のことです。これはどうしようもないことで、一目盛りずれるのが当たり前だと思っているんです。そういうふうにみると、なかなか面白い光景が見えはじめる。同じように、大学社会を含む日本の今の制度というものも、一目盛りずれた視点からみたとき、興趣尽きざる相貌を呈するという感じがするんですね。つまり言語というものは普遍的に言語であるけれども、同時にそれぞれの語であって、また国民国家の枠組みは曲がりなりにも続いている。続いているどころか増殖をつづけている。現今の日本で流行中の「問題」のほうからいえば、国民国家は崩れる方向に向かっている、人類は一つになるということになっているかもしれないけれども、（笑）現実には百六十いくつかの国民国家で国際社会が形成されている。言語の数はもちろんもっと多い。地上に存在する言語は三千乃至三千五百といわれていて、そのなかにはいまだに文字を持たない言語もある。今の大学制度を、ちょっと脇からみるように、言語を一目盛りずらせて脇からみてみると、蓮實さんでもわたくしでも、経験の深さ浅さの違いはあるにしても、外国語に付き合い、外国から日本を見、というようなことをしているうちに、日本語の言語の網の目を、好むと好まざるとにかかわらず、ある程度相対化する視点とでもいうべきものを、いつの間にか身につけてしまったんじゃないだろうか。その場合、フランス語から見かえそうが、日本語から見かえそうが、ある言語体系と他の言語体系との間の相対的な関係から、両者が交叉すれば相対化されざるをえないということになりますね。あなたの言われる、流行語の世界から「問題」の時代になり、それが一般化して今日に至るというような現象は、フランスで起こったように、おそらく日本でも起こっているし、アメリカでも起こっている。アメリカ人などは第一次大戦のときのウイルソンの十四カ条とか、戦後処理の構想というようなことで、「問題」を、積極的に世界中に伝播させたという形跡がある。けれども、それは、超時間的に普遍的なものではなくて一時代の歴史的な限界を超えないといっておられるでしょう。わたしも全く同感なのです。フランス語の視点、あるいは英語の視点、アメリカ語の視点でもいいけれども、しばらくその視点に拠って、母国語として与えられたラングの世界を相対化するということは、それを歴史化するということにつながるんじゃないですか。つながりませんか。

蓮實　ええ、いや、歴史化、する……。

江藤　歴史化というか、ある歴史の一時期に限定してしまう……。

蓮實　つまり自分がそれに歴史的にかかわるということですか。そうじゃなくて、言語そのものを自分……。

江藤　つまり、言語のからくりを見破る視点を一旦盛り脇に設けてみる、ということです。それには役立ちませんか。あなたの『物語批判序説』は第一部を拝見しただけで、プルーストのほうはまだ拝見していないんですけれども、その限りで申し上げれば、要するに戦略は必要であるという結論のようです。非常な叡知をもってその辺でやめておられるんだと思うのですが、ああいう問題意識であそこまで論を展開されたということは、「問題」などというものはあくまでも、普遍妥当、非歴史的なものではなくて、一時代の歴史的限定を受けているから、脇からパーッと一つの光線が当れば、そのからくりはわかる。隠蔽されているものが全部明るみに出る、とおっしゃるんでしょう。それはまったくそうだと思う。だけれど、隠蔽されているものに光をあてる手続きとして、あなたは慎重に、なんというか、抑制しながらおっしゃっているから、ああいう言い方をされるのであって、それには、あなたの深いフランス語体験が関与していませんか、というんです。

蓮實　それは深い体験であるかどうかともかくとして、おそらく日本語だけで生活していた人には起こらなかったことだとは思います。

江藤　そう思いますね。そしてそれは、けっして比較文化的体験などではないんですね。

蓮實　そうそう。
江藤　それは芳賀徹氏なんかにいえば、なんだって、と言って腰を抜かすかも知れないけれども、（笑）今度学会で会うことになっているんですがね。（笑）
蓮實　おっしゃる意味わかりました。
江藤　比較文化とか比較文学というものは、基本的にうさんくさいところがあると思うんですよ。これは……そこでやめておこう。（笑）それはまた別の席で、オフレコでしゃべったほうがいい。（笑）芳賀さんを、不必要にびっくりさせることもないから。（笑）それをぼくはぜひ伺っておきたかったんです。わたくしも、それはあなたにも批判していただいていると思うんですが、戦後ということでね、いくら文献を渉猟してやったって、戦後という「問題」のトートロジーにとりこまれちゃう。それはそうかもしれないんだけれども、あれはアメリカに行ってやったということに多少の意義があるんじゃないかとぼくは思っているんです。そしてそれが、日本の文脈に照り返されたときに、おっしゃるように、「事」でありかつ「言」であるようなものになったのだと思うんですね。それはもうどうしようもないことだと思うんです。
蓮實　その点に関して、ぼくがいだいている印象をちょっと申し上げますと、江藤さんは、ある種の知的な準備運動をやっていらっしゃるんじゃないかと思いました。（笑）そのことが真の目的ではない。しかしそれをやっておかないと、今後足腰が立たなくなることがあるかもしれないと。その知的準備運動というのは、——つまりものの考え方によっては、当然これは成立しうるんだぞと。しかし多くの人は、始めからそのことを成立しえないという前提で行なっていると。これはぼくの想像ですからわかりませんが、たとえば戦後をめぐってやっていらっしゃることを江藤さんが、心から信じていらっしゃるかどうかということはわからないんです。ただし、おまえたちに代わって、ここまで考えてやるぞと。おまえたちに代わってというのはちょっと変なんですけれども、つまり可能性として一〇あったら、これは当然一〇出さなければいけない。ところがわれわれといいますか、みんなは、三くらいで事を処理していると。なら一度一〇まで出してみようじゃないかと。そのうちの一〇番目を自分で出したからといって、一〇番目が真の自分の問題ではない。ただ、当然ありうる問題の一つではあるわけです。ところが、三でやっている連中は、一〇を出すことを怒るわけですね。

江藤　そうなんですね。(笑)

蓮實　こういう感じがした。したがってどこまで信じこんでいらっしゃるかわからないと言いましたが、一〇の可能性は少なくとも一〇にしておこうというお気持ちは真実のものだと思いました。それは、ある視点に立てば絶対に成立しうる問題のはずだと。いま、江藤さんは、それをやっていらっしゃるんじゃないかなァという感じがするんです。

江藤　それは、なんといったらいいのか、深いご理解だと思う。というのは、正直いって、わたしが始めたときはそれほど、クリアーに覚めきってなかったろうと思います。ただやっておりますと、といいますか、むしろ調べたことを文字にして発表する段階になりますと、さァいったいどこまで信じているのかということは自分でもあまりはっきりしなくなっちゃいますね。じゃ信じてないかといえば、これは意味があると思ったから始めたわけですから、もちろん信じていないとはいえない。自分に許された滞在期限で調べ得たものには当然限度があります。一〇〇%ということは当然あり得ないのですから、これは三〇%かもしれないし、六〇%かもしれないし、いずれにしても総てではありえないんですね。総てではありえないから、信じないのかというと、そうじゃない。自分のやったことが無意味だとは夢にも思っていない、という機微を、いま大変うまくおっしゃっていただいたと思います。やはりその方向に向かって動いてみるということは必要だと思います。そして動いてみるとしても、一〇まではいけないかもしれない。六か七かもしれないけれども、とにかく六なり七までいってみる必要がある。それを三以上いっちゃいけないということはないだろうというのですよ。どうしてだろう。それは単なる制度じゃないか。つまらない、制度というほどのこともないようなチャチな制度じゃないか。あなたは『物語批判序説』で、たしか制度としての技法って書いていらしたでしょう。制度としての技法というものは確かにある。それはぼくも『自由と禁忌』で書いた覚えがあるんですが、逆に技法としての制度というものもあるのですね。これは裏腹の関係です。技法としての制度からの禁圧で、三からあとはだめだ、そもそも存在しないことにするなんて、そんな馬鹿なことがあってたまるかということなんですね。いや、非常に納得がいきました。

いや、これはもう少しやりますけれどもね。今年中くらいに一応の締めくくりをつけて置きたいと思っています。検閲というまがまがしい事象にとどまらず、少し一般的にここから発展させられることがあれば、それも書き留めておきたいと思っているんですけれどもね。

蓮實 でも江藤さんはそういうお仕事なさったときに、われわれからみると、残念だというか、おそらく江藤さんは、こいつらは引っ掛かってくるんじゃないかと思うと、間違いなくその人たちだけが引っ掛かるという点はありませんか。

江藤 そうですね。それはありますね。(笑) いやになっちゃうくらいですね。(笑) アリャアリャコラサ、というようなもので。(笑)

蓮實 どこの国も貧しいんですけれども、その点において日本の貧しさが出るなという感じがしますね。

江藤 ほんとにそうですね。いやね、豊かな社会とかね、(笑) 言うでしょう。こんなことめったな人には言えないけれども、蓮實さんにお目にかかったら、ぜひ申し上げようと思ってきたのは、わたしどもが子供のころ過ごした世の中というのは、GNPというような指標でいえば、現在とは比べものにならないほど貧しかったに違いない。何十分の一か、もっと貧しかったか。『監督小津安二郎』を拝見していると、蓮實さんはわたくしよりいくらかお若いけれども、ほとんど年代が違わない。似たような育ち方をしているなという、懐かしさを感じるんです。すごく懐かしかったのは、学校の帰りによその家に行っておやつ食べてきちゃいけないということ、(笑) ねっ、……。

蓮實　そう、そう。

江藤　家にまず帰ってきて、ただいまと言って、それからだれだれ君のところに遊びに行ってもいいですかと言って、蓮實さんのお家へ行って、おいしいドーナツかなんかいただいてきて、それをちゃんと家に戻ったら報告するということで成り立っていましたね。そういう世界があって、それはいろんなものに支えられていたから、いい気になるのは、ほめられたことではないとは思うけれども、子供の感覚の世界としてみれば、それはかけがえのないものですからね。そう考えてみると、あのころわたしどもが享受していた生活、それからその生活を律していた時間のリズムとか、それを取り巻いていた空間の広さとか、いろんなことですね。さらにいえば肉親だけではない、いろいろ身辺にいた人たちとの人間的な交流とか、もろもろの生活を支えていた要素を思い出してみると、いまのほうが豊かだという感じはぜんぜんもてないんですね。いまのほうがおそらく窮乏しているのだろうと思う。その窮乏感をたとえば、車を持っているとか、電気冷蔵庫があるとか、皿洗い機を備え付けたとか、システム・キッチンに変えたとか、そういうことで隠蔽しようとしているだけのことであって、かつてわれわれがもっていた、かりそめの豊かさとは比べるべくもない。まァこれは、永遠のノスタルジアで、幼少年期を懐かしんで美化するのは、あらゆる人間の通弊ですから、こういう感じ方そのものにははじめからバイヤスがかかっているとは思うのですが、しかしそれをつとめてこそぎ落としてみて考えてみると、少なくともあの頃に比べてちっとも豊かになっていないという感じがするんですね。それどころか、ぼくは昭和五十四年から五十五年まで、一年間アメリカに行っていまして、帰ってきてからいつの間にかもう五年たってしまったのですが、この過去五年間ぐらいのあいだに、日本および日本人が逆落としに貧乏になっているような感じがするんですよ、たとえば山手線に乗っている人たちの着ているものが、みすぼらしいとは到底いえない。女の人のハンドバッグのようなものでも、エルメスとかグッチのブランドものを持っている人はざらにいると思うんですが、それがちっとも豊かなものに感じられない。もう一つぼくが不思議でならないのは、都市論の流行です。いまの東京のいったいどこに、都市空間などというものがあるのだろうか。そんなものがもはや存在していないことを、完膚なきまでに残酷に描き切ったところが、田中康夫の『なんとなく、クリスタル』の新鮮さではなかったのか。田中君は、東京の都市空間が崩壊し、単なる記号の集積と化したということを見て取り、その記号の一つ一つに丹念に注をつけるというかたちで、辛くもあの小説を社会化することに成功しているではないか。ぼくらが、いままでよりどころにしていた記号がことごとく、毎日ぐらぐら変化するようなところで、いったいいかなる都市論が可能なのか。いやその状況があまりにチャレンジングだからこそ、都市論なるものが流行しはじめたのか。そのへんはどうなんでしょうね。

蓮實　いまおっしゃったことはぼくもいつも考えていることなんですけれどもね。たぶん二つ問題があるような気がするんです。一つは、われわれが幼少期を送りえた時代には、いまおっしゃったように、学校から帰ってきた時間をどう過ごすか、それを母親にどう報告するかってことが、誰がきめたわけでもないのに、きまっているわけですね。

江藤　そうですね。塾にはいかなかった。（笑）　そんなものなかったから。

蓮實　その限りにおいてまったく自由なわけですが、それでも自分の居場所をはっきりきめ、人さまの家でやたらなものを食べない。また友達を塀の外からどう呼ぶかとかそういうことが明確にきまっていましたね。あれはことによるとね、昭和十年代周辺だけに日本のブルジョワの家庭に起こった特殊な輝きじゃないかという気がするんです。歴史的なことなのかなと。つまりそのころ、ようやくそろそろ電話がひけはじめるけれども、電話はあらゆる人の家にあるわけではなかった。それから鉱石ラジオが普通のラジオに変わったとか、郊外電車が延びてゆくとか、昭和十年代周辺の、日本の市民社会が持った一種のエア・ポケットみたいなものじゃなかったろうか、つぎにいろいろな事件が、こう陰惨なものが起こってくるかもしれないけれども、ことによったら、その直前の無気味な明るさを持った秩序、そういうものじゃないかなと思います。

江藤　エア・ポケットというのはわかりますね。そういうものを確かに体験しているんじゃないかなという感じはわたくしにもあります。

蓮實　それは文学をとってみても、とくに映画をとってみても、いま見てみると、ちょうどわれわれが生まれて幼少期を過ごした時期の日本映画というのは、大変すばらしい映画だったと思いますね。それでやはり四〇年代に少し落ちて、それから五〇年代に続くわけですけれども、文化的な生活水準その他とは別に、芸術的な、映画の場合だったらほとんど、誰も芸術だと思って見ていたわけじゃないでしょうけれども、いま見てみると、まさかと思われるようなすごいことが行なわれている。それはことによると、そういう歴史的な一時期の、郊外電車が延びていくところですね、そういうものを東京の都会のブルジョワジーが、満喫している一種の切ない喜びの表現だったんじゃないかなというようなことを考えますね。それ以前の小説なんか読んでもなかなかそういうこと出てこないんですけれども、あの時代の小津の子供を扱った映画を見ると、ああこれだということなんですね。

江藤　谷崎なんかにもありますね。谷崎も円本で印税がまとまって入って、自分の美意識に適合できるような生活ができるようになった後の『蓼喰ふ蟲』とか、『卍』とか、あのころの作品にはある自足感というか、自信というか、そういうものがありますね、それはもうまもなく戦争になって、執筆中断を余儀なくされた『細雪』にも反映していますね、その翳りもね。確かにそうですね。
蓮實　大岡さんとか中村光夫さんとか、ああいう方々が出ていらっしゃった時期、吉田健一さんの存在なんかもそうだと思うし、河上徹太郎さんにしてもそうでしょうが、あれはある種の余裕がないと成立しえない部分がありますね。
江藤　そうですね。その前はプロレタリヤ文学でがたがたっとして、それからふっとエア・ポケットができてね。
蓮實　あの方々が出ていらっしゃった時代というものと重なりあっていて、単なる昔ではなくて、非常に歴史的な役割をおびている昔ではないかなという。——これはわれわれの父親とか母親の世代に聞いてみても、どうも彼らもあまり比較する対象がないのでわからないんですけれども、そういえば、うちの母親あたりから、女がスキーに行くようになったとか、そんな話を聞いたりもしています。小津にも女性がスキーをする喜劇があるし……。
江藤　そうですね。わたくしの母親は早く亡くなりましたから、スキーに行ったとは思いませんけれども、おぼろげに覚えているのは、蓄音器をかけて、父母を含めた同世代の友達が楽しそうにダンスをしていた情景ですね。親父が酔っ払って、わたしはまだ小学校にも上がっていないガキだったんですが、三分ぐらいその中に連れ込まれて、（笑）親父とダンスの真似ごとをやったという、（笑）記憶がある。叔父や叔母になりますと、確かにもうスキーに行っておりましたね。わたしの叔父が、叔父っていうのは親父の一番下の弟ですが、大学を出て、興銀に入って、富山の支店に赴任する前に結婚して、任地から最初に送ってきた写真が叔母と二人でスキーをしている写真でしたね。祖母から見せてもらったのを覚えています。そういう時期ですね。それは確かにあった。

蓮實　これはもう一度歴史的に洗い直してみないと、なんともいえないと思いますけれども、最近、特に昭和十年代の日本映画、それから文学などを考えてみた場合に、あれはわれわれの世代しか知りえなかった幼年時代なのかなという気がします。

江藤　もう一つ裏付ける資料があります。今度、小学館が『昭和文学全集』なるものを企画していましてね、ただしいまは巻数が多いと、書店が売ってくれない。したがって三十三巻でやる。ということは、つまり、一巻がものすごく厚い、三段組みで、四千枚ぐらい入る。一人一巻なんて一冊もなくて、永井荷風、谷崎潤一郎等々という四人一巻というのが一番優遇されている巻で、というようなものらしい。わたくしの書いたものをどこかこの全集の隅のほうにのせてくれるというので、この間了承を求めに小学館の編集者が来たんですが、収録予定の昭和文学の代表作を通観すると、まったくいまわたくしどもがお話ししていることと正確に見合うんですね。戦前二十年が七五％、わたしの目のこ勘定ですよ。正確にやったわけじゃないんですが、戦後四十年は二五％しかない。それは戦前という時代の、エア・ポケットみたいだったかも知れないけれどもある種の豊かさの反映じゃないか。中村光夫さん以下の選考委員会に、若手から磯田光一さんと高橋英夫さんが協力した結果出てきたものは、だいたい、七三と言いたいけれども、七割五分と二割五分という感じで戦前の作品が多い。これは恐ろしいことだなと思いましたね。すべてを引っくるめた、豊かさという点で考えると、昭和二十年までの、戦前の昭和期は、あるいは意外に豊かな時代だったのかも知れない。社会、経済史的にいえば大変だったという逆のイメージのほうが強調されていますが、それがそのまま全部文学に反映するというわけでもないのかも知れない。日本のブルジョワジーのちょっとしたインディアン・サマーは、きっと戦前の昭和文学に反映しているにちがいないと思う。戦後いろいろ自由が与えられたと言うけれども、またそれはそれで結構ですけれども、しかし、その結果出来上がったものは、たかだかこれくらいのことなのかなという、ショックを感じましたね。それにつけても思いだすことがもう一つあるんです。

まァ文学概論と称しているんですけれども、文学の一般理論を工業大学の学生に教えてもしようがないから、そうじゃなくて、ぼくは彼らを日本語で書かれた文学作品に、現代語と古典語とにかかわらず、触れさせる必要があると考えています。一生のうちでこのときだけしか触れないだろうけれども、鋭く触れればいいだろうと。わたし自身の勉強にもなるということもありまして、昨年、一昨年と、江戸期の思想と文学をやってみたんです。一昨年はぼんやりしていて気がつかなかったのですが、昨年の講義プランを考えているとき、ちょうど一年か一年半ぐらい前ですね、至文堂の八巻本の『日本文学史』に収録されている「文学年表」を見ているうちに、おそるべきことに気がついたんです。慶長五年、一六〇〇年というと関ケ原の役の年ですが、以後三十年、文学は完全にブランクなんです。まったくなにもないんです。この状態はほとんど六十年、ツー・ジェネレーションつづいているといってもいい。五十五、六年目ごろからちらほらと作品が現れはじめますけれども。その前は、応仁の乱があろうがなにがあろうが、あるものはあるんです。それほど関ケ原の役のあとの文化の荒廃ぶりはものすごいんですよ。いったいなにが起こったんだろうと、わたくしは茫然とせざるを得なかった。もちろんたとえば藤原惺窩が、宮廷の儒学とは別に、朱子学を起こしたというようなことはある。その朱子学を林羅山が政治力を駆使して家康のところへもっていって、官学にしたというような、そういう舞台裏の動きはあるにはあります。ところが、表へ出るものはなんにも結実していないんです。無残きわまる文化の断絶があるんですよ。

これはまたアナロジーなんだけれども、同じような文化の断絶が明治維新のときにあったかというと、ないんですね。まったくないんです。だいたい明治十八年、『小説神髄』が出るころまでは、日本最大の作家は依然として滝沢馬琴であって、だからこそ逍遥があんなムキになって馬琴をたたいたのですからね。これは実に連続性があるんです。関ケ原の役以後の荒廃に類推すべきは昭和二十年以後ではないか。もちろん「文学年表」には、昭和二十年以後もいろんな作品が並んでいます。ただ、その実質的な存在感は、ひょっとしたら関ケ原の役のあとのブランクに匹敵するんじゃないかと思う。だから今から三百年、四百年たってわれわれの子孫が、第二次大戦後の「文学年表」を編纂したらね、蓮實さんのは残るかもしれないけれども、(笑) われわれのはなんにもなくなって、ずーっとブランクになるんじゃないか。そういうことも考えなければいけないんじゃないかなという気がしてね。昭和二十年以前は実質的な作品が目白押しに並んでいますよ。それは『夜明け前』にしても『蓼喰ふ蟲』にしても、『つゆのあとさき』にしても、いろいろあると思うんですね。『暗夜行路』もあるし、『雪国』もあるしというようなもんでね、いくらでもあると思うんだけれども、昭和二十年以来、実はわれわれはまったくなんにもないところで空をつかんでいるんじゃないかと思いましたね。あのとき何が起こったのかな。関ケ原の役のあとでね。それがわからないんだな。戦後は将来「文学年表」にしてみると大変なことになりますよ。

蓮實　世代的な問題が関連していないかなと思うんですよ。映画でいいますと、黒沢は五〇年を境に出るわけですね。ぼくは個人的に黒沢好きじゃありませんけれども、非常に力のある作家ですね。

江藤　ぼくもあんまり好きじゃないけれども、確かにおっしゃるとおりですね。

蓮實　日本映画の五〇年代というのは意外に充実しているわけですね。小津のように、無声映画時代から撮っていた人たちが一応自分の問題意識、それから映画的な感性を全部そこにそそぎこんで作品を撮っているわけですね。小津のような偉大な人でなくても、一応自分の世界を、それまで、三〇年代にはかなり物真似もあったけれども、溝口だって完全な世界をつくっている。そうすると、文学のほうにもっと深刻なことが起こって、映画とかほかの分野に移行してしまったんではないかということが一つ考えられますね。

江藤　それは大いに考えられると思います。やはり映像の世界と言葉の世界というものの微妙な差異ですね。

蓮實　もっともどうですか。たとえば大岡さんが出られますね。それから三島由紀夫が出る。まァ三島由紀夫の小説は、江藤さんの初期の批評以来あまり買っていらっしゃらないということはわかるんですけれども、(笑)でも彼の出現なんていうのは、戦前的なものの残照でしょうかね。

江藤　いやね、三島さんという人は、確か最初の作品の『花ざかりの森』は昭和十六年じゃないでしょうか。『文藝文化』に載った。これは要するに戦前の文化が続くという前提のもとで書いているものですから、防備がないんですね。ところが戦後になりますと、三島さんという人は頭のいい人ですから、このままでは絶対保たない、鎧をつくらなければならないということで、まず鎧をつくるところから始める。鎧によって自己の美学を守ろうとした、というか、むしろ鎧をつくることによって自己の美学を再構築しようとした。そういうことをやったんだと思っているんです。

その考え方は三十年来変わらないんですが、……結局、三島さんは、戯曲家として、もっとも優れ、短篇作家としてこれに次ぎ、長篇作家としては非常に辛い道を歩んだのではないか。ところが人間というのはむずかしいもので、あの人はやはり、本格的な小説家として自分を登録したかったから、最後には無理をして四部作を……。あれはちょっと悲惨だなァ、と思いますよ。

それに引き替え、戯曲家としての才能、劇作家としての才能は、もうこれは大変なものです。これはおそらく岡本綺堂、真山青果、森本薫、三島由紀夫、それからチラッと挿話的にね、脇に一幕物の作者として久保田万太郎。これはぼくの偏見ですけども、綺堂、青果、万太郎、森本薫、三島由紀夫、あとはこれというほどの人はいないというのが、だいたい日本の大正以来の劇作の世界だと思っているんですよ。默阿弥その他の明治の先人は別にしてですね。それぐらい三島さんというのは大変な人だと思うけれども、小説家としての才能、つまりノヴェルを書けるかどうかということになると、少なからず問題があった。三島さんがいちばん小説家に近付いたのが『鏡子の家』だと思います。『鏡子の家』についていて、ぼくはほんとうに惜しいなと思って、そのことをあるところに率直に書いたことがあるんですよ。そうしたら、仙台のホテルから三島さんが、こんな厚い手紙をくれた。ぼくはいまでも大事にしています。小説家が批評家に宛てた手紙として、稀有なものだと思っているからです。批評家といったって、ぼくは駆け出しの若い批評家で、向こうは大作家ですが、実に謙虚な手紙で、「鉢の木会」の中村さんや大岡さん、吉田健一さん、だれひとり本気で認めてくれなかったのを、欠点も含めて君がこれだけ深く読んでいてくれたことを感謝しますという手紙なんですね。ぼくは、そのときから、三島さんという人は正直な人で、非常に誠実な魂だと思うようになった。だけれども、要するに短篇を無限に引きのばすというかたちでしか長篇小説を書けないという感受性はどうしようもないんですね。じゃだれが長篇小説を書けるかということになれば、だれも書けないのかもしれないんだけれどもね。

大岡さんは、『小林秀雄』を書いたころに資料を見せていただいたりして、大変お世話になりました。いまでも魅力的な方ですが、ウーン、なんていったらいいのかなァ、……。

蓮實　大岡さんはね、やはり昭和十年代に青春を過ごしておられて、いま言われたノヴェルですね、ロマンというものの限界をいちばん最初に見てしまった。ただし文壇に入るためには、『野火』を書かれたし、そのあと『武蔵野夫人』も書かれたけれども、おそらく文学は小説ではなくなるということを、いちばんはっきり、おそらく三島由紀夫よりもはっきり感じられたと思うんですね。それはどこまで意識しておられたかわからないんですけれども、昭和十年代に出てきた日本文学の傑作ですね、いわゆる傑作といわれているものは、少なくとも読者の顔を作家が見抜いていたと思う。ところが、三島由紀夫とか大岡さんが文壇に出られたときには、そのような読者の顔を想像しえないところで書かなければいけないということがある。その点ではいろんな試行錯誤されたけれども、大岡さんはやはりどっかで小説を殺していらっしゃると思うんですね。

江藤　それは大変好意的な見方だ、と思いますよ。ぼくは、大岡さんの今日は、豊かな昭和十年代の生き証人だということからくる逆照射だと思う。大岡さんのお仕事を、すべて一目盛りか二目盛り輝かしていてね。

蓮實　つまり、われわれの世代が、ということですか。

江藤　ええ、われわれの世代から見て。だけれど、大岡さんはロマンの限界が見えたから、ああなったんじゃないだろうと思う。見えようが見えまいが、ああしか出来なかったんだと思う。……三島さんも長篇小説家としての才能が豊かであったとはいえないけど、大岡さんも別の意味でかならずしも小説家としての才能に恵まれているとはいえない。

蓮實　いわゆる小説的な才能というものを上の世代の作家たちのようには自分が持っておられないということは知っていらっしゃると思うんですよ。

江藤　それはそうですね。文学者は小説家としての才能が豊かでなきゃならないことはないから、豊かでない文学者がいたって、ちっともかまわない。しかし、読者の顔が見えない限界を自覚したから、この程度にしておいたということと、この程度しか書けなかったということとは、おそらく違うと思います。あなたが正確に書いておられるように、「問題」の時代というのは、自然に才能が溢れ出る人の時代じゃないでしょう。つまり、「芸術家」というカッコに入ろうと志願する人が出て、〝ラ・ボエーム〟が出て、それがさらにまたもうひとつひっくりかえった時代でしょう。ぼくはあなたのご本を読んでいていろんなことを思ったな。……大岡さん、もうひとつの「大」という字といえば大江君のことを思った。……大江君は才能があると思う。でも、しかし、大江君はなんであんなに「問題」「問題」「問題」と、「問題」ずくめになっちゃったんだろう。この悲しさっていうのはどうなんだ。大江君はほんとうにヴィクトル・ユゴーみたいに、語りうる人だ、と思ってね、ぼくはそれに属目したんですよ。これは初恋の女みたいなもので、現在どんなに淪落していようが、関係ないのね。やはり若いころに純情を捧げた記憶というものは、忘れないですよ、人がなんと言おうと。ぼくはいま大江君のことを悪く言うけれども、だけどなんで大江が、「問題」なんかを、問題にしたんだろう。ただの小説を書いていればよかったのに。

蓮實　東京大学仏文科にいった（笑）……からか。

江藤　そう制度的な（笑）判断で答えないでください。（笑）ぼくはもうどうしようもな

いな。（笑）

蓮實　いや、これもあんまりぼくは言いたかありませんけれどもね、やっぱり渡辺一夫、大江健三郎という結合が最悪だったと思いますね。

江藤　そうですねェ。いやね、渡辺一夫先生といえば、渡辺一夫先生にご舎弟がいらっしてね、そのご舎弟にお嬢さんがいらして、ぼくの女房の友達でしてね。学校が一緒だったわけでもないいんだけれども、どういうわけか友達で、そっちのほうから渡辺先生とご舎弟はものすごく仲が悪かったという話を聞いているんですよ。これは別に特別の話ではないんです。遺産争いかなんかのね。それはもちろん遺産がなきゃ争いはないけれども、遺産があるほどの家なら、一つ遺族がしっくりいかなくなればそうなるということは、いたるところにある話で、別にだれの人格の反映でもなんでもない。しかし、この話は、渡辺一夫という人を見るわたしの見方に、なにがしかの影響を与えていましたね。ぼくは、大江君の結婚式のときに、招待を受けました。いまはなくなっちゃった日活国際ホテルというのが日比谷の日活ビルにあったでしょう。あそこでご披露があったんです。渡辺先生がお仲人でした。この席に大江君が来てくれというもんだから、ぼくは家内を連れて出席しました。そうしたら渡辺先生はああいうお上手な方ですから、本当の仲人は江藤君……ぼくが大江さんと奥さんをお引き合わせしたわけでもなんでもないのに……とかなんとかおっしゃった。そのときに、なんていうのかな、渡辺先生も東京の方だし、わたしも東京の人間で、いろいろあるけれども、それはたかだかこういうもんですよっていうところはあるでしょう。そんなことは大江さんだってわかっているはずなのに、それは一切切り捨てて、平和と民主主義と自分自身のなんとかにおける、現下の「問題」はって言う調子でね、渡辺一夫先生の跡を継いで、野上弥生子先生の跡を継いで、吉川幸次郎先生の跡を継いでと、みんな跡を継いじゃうわけよね。まともな人間なら、どうなっているんだろうなァと思いますよね。大江さんの現在の言葉の世界がどうなっているんだろうという意味です。これは恐ろしいことではないか。それが才能のある人でしょう。このなんというか、わからなさ加減というのは、わかるっていえば簡単にわかるんだけれども、それにもかかわらずのわからなさっていうものは、ひどいなこれは。……惜しいですよ、ほんとうに。(笑いながら)東大仏文科で渡辺先生の弟子になったのが運のつきだったとは、(笑)……そこまで言われちゃうと、どうしようもないなァ。

——(爆笑)——

(京浜東北線だろうか山手線だろうか、ホームを出てゆく電車の音……江藤氏、耳を傾けながら、ブランデーを飲みほす)

チョコレートの時間（二〇五号室）

（中央線快速電車の最終電車が間もなく発車します、というアナウンスが聞こえる。どことなくざわめくホームの物音。両氏、静かにその物音に耳をかたむける）

（テーブルの上のチョコレートの箱。蓮實氏、忘れ物をみつけたように、その一つを摘みあげる。包装紙をはがしながら、フッと何かを思い出された様子）

蓮實　渡辺先生って、もっともっと面白い方なんですよ。面白い方というのは、つまり悪徳も知っておられるとか、醜さも心得ておられるとか、つまり、もっともっと大きい方なんですね。その大きさを、大江さんは、どっかで虚構化してしまって、むしろ小さくされた、と。

江藤　そうでしょうね。ああいう言い方で言っていれば、けっして大きくはなりませんね。……結構、なんか知らないけれども、ニタ―ッと笑ったりされてね、優雅な人だったですよ。それが、ぼくらにはわかるんですよ。ああいう人、〝おじさん〟にいるしね。そういう人の一人だと思うもの。

蓮實　意地悪でね。その意地悪さがわれわれにとっては決して厭味でないんですね。ああいう人いるんですからね。（笑）

江藤　ほんとにそうですよ。

蓮實　それがまた教育的な配慮からの意地悪さでもあるし。

江藤　そうでない場合もあるし。

蓮實　それを見ることは非常に教育的な意味があるんですね。それを虚構を働かせて消してしまうのは残念だというか、あるいはそこで思考停止をしておられるのか、大江さんがね。あるいはまったく虚構を作ろうとしておられるのか。

江藤　いや、だから、そのへんで、蓮實さんのご本のなかにそういう言葉で書かれていたかどうか、はっきり覚えていませんけれども、つまり「問題」の、流行語から「問題」の時代に変わるにつれてね、あらゆる人は権、利、の問題として、芸術家に変身できると。芸術家は、また同時に言葉の定義からして前衛でもある。ということになりますと、別の言葉でいえば、自分はともかく自分ではないものになれるのだということを、社会がよってたかって公認したというような雰囲気ができたということじゃないんでしょうか。

蓮實　そうですね。

江藤　それは、アナロジーが、まったく正確じゃないにしても、蓮實さんのお書きになったものに説得力があるのは、わたくしどもが過去六、七十年間体験していることとよく似ているからですよ。それはおそらく、大正の終わりごろから昭和初めにかけての時期にはじまったのじゃないか。一面において日本の社会が、インディアン・サマーのような、ある豊かさを享受したときに、そのすぐ傍らでは、半面熾烈きわまる変身の願望が煮えたぎりはじめて、終戦後になって、完全に解き放たれたという感じがするんですよ。たとえば、今日このホテルでやっていた何とかいうスナックの開業五周年のパーティがあったでしょう。あれはいったいなんだろうと思うのですね。(笑) それをぼくはちっとも軽蔑したいとは思わないけれども、さっきチラッとある人生的な瞬間を見たんです。(笑) あのおかみさんというか、あの女主人には、高校生ぐらいの娘さんがいるんだね。それがそこらへんをウロウロしていて、母親と親子の会話をしているんだよ。それはまだ蓮實さんとお目にかかる前だったかもしれない。これはいったいなんだろうと思って、愕然として見たときだったかもしれない。「それはなんとかでこうなのよ」って、こう言っているんですよ。それは変身できない部分なんだ。

蓮實　戻っちゃったわけだ。

江藤　戻っちゃったわけ。あとは全部変身しているんでしょう。あそこへ来ている人はみんな変身しているんだ、いろんな意味で。あの〝社長〟さんも。(笑) もうすごいんだと思いますね。それはものすごいエネルギーを引き出しているわけですよ、だけれど、認識の世界からいうと、これはなにかわけのわからないことが起こっているというしか言いようがないですね。それはおそらく、認識の世界でわけのわからないことが起こっているとすれば、それは今期の決算は帳尻が合ったのかもしれないけれども来期は合わないということですよ。あんなことして金使ったらどうなるんだろうというね。（笑）それはいったい資本金何億円でやっていらっしゃるのかしらないけれども、そんな感じはするでしょう。

蓮實　日本が資本主義国家だというのは、ほとんど嘘ですよ。（笑）

江藤　まったく嘘です。

蓮實　資本主義圏で暴挙をやっているわけですよね。

江藤　ほんとにそうです。日本は全然資本主義国家的ではないですね。非常に社会主義的でしょ。

蓮實　日々驚くような社会主義的な発言を自民党が……。（笑）

江藤　ほんとほんと。（笑）まったくそうです。だからいったいどこへいったら資本主義者がいるのか、保守主義者がいるのか、鉦や太鼓で探してもなおいないという感じで。（笑）

（蓮實氏、改めて室内をながめ渡しながら）

蓮實　たぶん、この空間じゃないかという気がするんですね。（笑）

江藤　まァそうですね。この空間には漂っているかもしれないね。

蓮實　この天井の高さとかね、壁紙の色とか旧式のヒーターとか。……だからおそらく、これを赤坂プリンスホテルでやったら、われわれの言葉は、必ず違ったものになりますね。

江藤　それは当然そうですね。

蓮實　緑色やプルシァンブルーの電車の音を聞きながらですね。それで、ここで一応落ち着けちゃうというのは、やはりさっき江藤さんがおっしゃった、ある時代に東京で生まれたものにしか、出来ないことなのかなァ、と。

そうした限界に安住して自分なりにそれを磨きたいとは思わないし、たぶんそのことが人格的に大きな欠点になっていることじゃないかなといつも思っていますけれどもね。たとえば渡辺先生のことがわかっちゃう。それは人間性っていう普遍的な問題じゃあなくて、時代的な感性の問題ですよね。こういう人がいるんだと。それは明らかに歴史的、階級的な限界ですが、必ずしも先生の限界を見ちゃうということではなくて、こういう人でもすごいんだということがわかっちゃう。

江藤　そうですね。人間としてはどうであっても、学者として努力してこれだけの研鑽を積まれたら、これだけの業績が生まれるものだと、そういうことでしょう。

蓮實　そうですね。そういうことが昭和十年の周辺に生まれたものとして、感性的に媒介なしにわかっちゃう。そのことが、つまりわれわれ、われわれというと非常に傲慢な言い方になってしまうけれども、わかる人にはわかるということを、渡辺先生はおそらく知りながら演技していらした。

江藤　もちろんそうだと思います。

蓮實　その場合に、わかっちゃうということが、たとえば生まれた時期の歴史的な環境の問題なのか、あるいは東京という都会の問題なのか。もし都会の問題だとしたら、それはやはりわれわれの限界だなというふうに思うところがありますね。

江藤　それはそうですね。

蓮實　そのときに、たぶんわれわれは一応、不特定多数の読者を思い描いてものを書くわけですね。そのときに江藤さん、どんな読者層を想定しておられるか。たとえば、江藤さんは意識して『一族再会』というのをお書きになりました。あのなかにはそれが非常によく出ていると思うのです。わかっちゃう部分はわかりすぎて、ぼくは困ったなァと、（笑）思っちゃうこともあるんですけれども。この時代はこんな市電が通っていてというようなことを、江藤さんは書いていらっしゃる。若くしてお母様をなくされたという体験はかけがえのないものですよね、それはぼくの想像を超えた体験である。にもかかわらず、わかっちゃうところがある。母上のクラスメートのご婦人方がお集りになるところがありますね。すると、その方たちの服装から言葉遣いまでが見えて来てしまう。ところが、それを一応社会的な文脈のなかに放出なさるわけでしょう。ぼくはちょっと怖くて自分はできないというところがあるんですね。江藤さんはやはりものに動じない方だからできるのですかね。（笑）

江藤　いやいや、とんでもない、馬鹿だからできるんです。

蓮實　そのへんはどうなんでしょう。別に『一族再会』だけではなくて、お書きになるものに関しても。

江藤　それはなんといったらいいんでしょうか。『一族再会』に関していえば、それは蓮實さんが言われた、誰に対してなにを言うかということと関係があるんですね、おそらくはね。不特定多数の顔のよく見えない人たちに語りかけていることは、もうどうしようもない条件なんだけれども、わたしはちょうど三十年ものを書いているわけです。あれを書いたときは、開業以来十二年目ぐらいですか、不穏当な言い方かもしれないけれども、戦後の制度というものの虚構性が、鼻につきはじめたのですね。それまでは、制度がどうなっているかということを十分自覚しないままに、無我夢中で書き始め、やってきたわけでしょう。昭和四十二年、あれを書き出したころになりますと、ちょうど最初の留学から帰ってきて数年ですが、憑き物が落ちたような心境になりはじめていた。やっぱり二十代の終わりから三十代のはじめにかけて、アメリカで二年過ごしたということは、わたくしにとってはかなり決定的なことで、つまりある態度を選択して、それをはっきりさせないことには、今後書いていけないんじゃないかという感じが……。
蓮實　それは自分に対する厳しさですか。
江藤　ええ、まァ厳しさかどうか知りませんが、その当時もなんというか、制度の符丁のような言葉が、個人の確立だとか、近代の未成熟だとか、意味もなく身辺に浮遊していました。蓮實さんが『反＝日本語論』にお書きになっていらっしゃるように、漱石の『倫敦塔』というのは、セーム・スペースに二人の人間はいれないぞという認識を述べているという。排除と選択の問題だというようなことについては、アメリカの社会も全く同様ですから、そのなかで相当ヒリヒリするような体験をして、落ちこぼれでもないけれども、別に優等生でもないという、まァまァのところで帰ってきてみると、これはずいぶん違うなという感じがしたんですよ。そのときちょうど、戦後二十年か明治百年かという論争があって、「危険な思想家」の一人に指名されるという光栄をえましてね、（笑）……それで相当頭にきたわけです。山田宗睦の『危険な思想家』という本そのものは非常にくだらない本だと思ったけれども、なにが〝危険な〟思想家だと。思想家で危険でないやつがいるかっていったのは、これは三島さんが当時言っていたんですが、そういう下らないことをいうんなら開き直って、おれはこういう育ち方をしているんだ。葬るなら葬れ。生かすなら生かせといってやろうと思って書いた。相当かんしゃくを起こしながら書いた。（笑）時々、間歇的にかんしゃくを起こしていまも、（笑）書いているけれども……。

ただ、面白いと思うのは、幸か不幸か、それにもかかわらず、ぼくがいまだに葬られてはいないということですよ。別に生かされているかどうかはしらないけれども、ぼくはやっぱり、ああいうやつも一人ぐらいいてもいいと思われているらしい。それは大変面白い。面白いといっちゃ失礼だけれども、ありがたい。ほんとにね、神棚に向かってかしわ手を打っておじぎしなければいけないと思うぐらいありがたいですよ。なんというか、ぼくは別になんの野心もないんだけれども、生きている感触を味わいたいという、動物的な欲求があるわけですよ。そうすると、可もなく不可もない制度のなかでぐるぐる回っていると、よしよしと言ってくれて、それで得もするかもしれないけれども、面白くないでしょう。だけれども、ちょっとどこか、このへんがもやもやするから、「おう、なんだっ」って一声わめくと、そうするとぱぁーっと風が吹いてくるでしょう。このへんに風をうけてるなって感じるとね、「よっしゃぁ、やったぁっ」っていう感じがするんですよね。(笑)……つまんないことだけど、それは生きている感触でね、こんなだったら、もうあと三十年ぐらいやるかって。(笑)

蓮實　でもそれが、……(小さく)いいことやってるんじゃないですか。(笑)

江藤　人のことだと思って。(笑)

蓮實　ということになりますけれどね。……結局、さっきの人生の話になりますね。それが勇気なのか、図々しさなのかわかりませんけれども、(笑)それをやらないことが当然だという人たちもいますでしょう。生きていることの感触なしで発言し、それで頭なでられれば、つとめを果した気になってるっていう人たちが……。

江藤　そうなんです。それはぼくは、よくわかりもするけれども、同時によくわからないんです。

蓮實　ぼくもよくわからないんですけれどもね。

江藤　あのね、つまり、変な話で、これもいろいろ差し障りがあるかもしれないけれども、ぼくは、戦争に負けてまだどこにも行けないころから、外国というところには絶対に行かなければならないと思っていた。祖父は海軍の軍人で、明治三十年、日露戦争の前に巡洋艦を受け取りに英国へ行ったところで、ニューカースルのアームストロング造船所でストライキがおこって帰ってこられなくなり、一年半ヨーロッパを回って歩いて、この時計を持って帰ってきたというような話を聞かされて、育ったからです。だけれど、そんなことが出来るわけがない、というような敗戦直後の状況でしたでしょう。……そういうとき、だいたい人間の考えることというのは単純なもので、外交官になれば外国に行けるはずだと考えた。国のお金で、使命を帯びて、外国に行けるんだと。まだ中学生のころか高校に変わったころか、外交官になるためには、むずかしい試験を受けなければいけないから、刻苦勉励して勉強しなければいけない。外交官はなかなかいいんじゃないか。それにはもうひとつ別の動機もあった。わたしがまだ、幼い子供のころ、戦前のことですよ、祖母に連れられて、当時の侍従長のお宅に伺ったことがある。百武三郎さんという海軍大将で、お若いころにわたくしの祖父の副官をしていた方なんですね。祖父はわりあい早く亡くなったものですから、百武さんは陰に陽にいつも遺族のことを心に掛けていて下さった。子供五人を抱えて、四十になるかならないかで未亡人になってしまった祖母のことを案じて下さって、なにかというと、ご夫婦こもごもに見舞いにきてくださいましたし、祖母も、わたくしなどを連れてときどき百武邸に伺っていたんですね。あるとき、わたしが祖母に連れられて百武侍従長のところへ伺ったときに、侍従長がいわれた。わたしは本名は淳夫というんですけれども、淳夫君は軍人でいえば参謀タイプだけれども、しかし文官になって外交官になったほうがいいんじゃないですかと。それはなにか嬉しいことでね、ああ侍従長はぼくが外交官になったらどうかといわれた、国威を発揚するには軍人になるばかりではない、文官になってもできるんだと思っていたら、負けちゃった。……だけれどそのことは覚えていたのですね。親父は銀行員でしてね、ある日、夕食のときに、例になく機嫌よさそうに、おまえ、これからどうするんだって言うから、外交官にでもなろうかって言ったら、「バカヤロー」って一喝された。負けて海軍もなくなった国の外交官になにができるんだと、そんなものになったってしようがないぞって言われましてね、愕然としたですね。二の句がつげなかった。そのとおりだと思った。自分は夢を見ていた。負けて海軍もなくなった国の外交官になにができるわけもない。そのとき痛切にまずそう思った。それからもう三十五、六年も経ってしまった。あのとき親父はああいうことを言ったけれども実にあれは感情的な議論であって、それほど身も蓋もないものではなかろうと、つい四、五年前まで思っていた。しかし今日ただいまわたしが痛感するのは、親父は正しかったということなんですよ。それは、これだけ物質的に豊かになったといわれている日本のこの貧しさに見合うものが、今の日本の外交にも抜きがたくひそんでいるんじゃないか、という感じがするんですね。もしぼくが東大の法学部にでも入って、外務省に入っていれば、そろそろ局長ぐらいになっていまして、あるいは外へ出れば大使になっている。そんなことやっている人生だったらね、ああやめたほうがいいよという感じがするわけですよ。それはぼくの親類にも、局長になっているのがいるから、読んだら、読まないだろうけれども、怒るだろう。(笑)あるいは親族会議が招集されるかもしれない。

蓮實　責任もちませんよ。(笑)

江藤　かまわないですよ。蓮實さんのせいじゃない。(笑)だけれど、こんなことやっているんなら、ほんとうに親父の言ったとおりだ。あれは一知半解の徒で、感情的に言ったのに違いないけれども、これじゃしようがない、人生と関係ないことやっているんだ。役人の制度のなかでグルグル廻っているだけじゃないか。役人というものは、いままで尊敬していたんだけれどもね。頭がいいから役人になるんだと思っていたら、頭がいい連中が役人になってこんなことばかりやっていていいのかという感じがするんですね。

蓮實　いまのお話伺っていて、すごいと思ったのは、寺田透さんが「中村光夫論」のときに書いておられたと思うんですけれども、おれたちはほとんど同世代だと。違うにしても三つか四つだ。しかし中村光夫という人は昭和十年代に出ていた。自分は戦後出てきて書いた。なんか数十年の違いがあるように思われているけれども、年譜を追ってみると、ほとんどわれわれの同世代だ。まァ戦前からいた人と戦後出てきたものの違いはこんなにあるということをどこかに書いておられる。それとほとんど同じような印象を持つのですが。（笑）

江藤　いや、そんなことはないですよ。

蓮實　つまりこれは江藤さんが、……つまり三島から手紙の返事をもらうような時期にもうすでに書いておられたってことです。

江藤　ええ、それはまァね。

蓮實　それはまァねとおっしゃいますけれども、これは大きいんですよ。ぼくは三島由紀夫が死んでからものを書きはじめたんです。

江藤　ああそうか、……それはよく勉強しておられたから。

蓮實　いや、違います。つまりこれまでずっと、江藤さんは変な言葉を使えば、ときどき波風をたてながら、こんな馬鹿なことありえないと、ときどきカッと怒られたり、かなり大変なことをなさりながら、やはり戦前の文士とほとんど違わない心の張りでものを書いてこられた。ぼくとは三歳ぐらいの違いだと思いますけれども、ちょうど中村光夫と寺田透、同じような関係といいますか、つまりなにかが戦前なんですね、江藤さんは。

江藤　ええ、それはわかります。そうなんです。なにかが戦前なんです、確かに。

蓮實　それでぼくのなにかはね、どっかで戦後なんですね。戦前のものは引きずっているけれども、とてもぼくが体験できないことを、つまり小説家と面と向かった論戦とか、そういうことやっていらっしゃるわけでしょう。

江藤　ええ、まァ、それは。(笑)

蓮實　つまり、文壇を知っていらっしゃるというふうにいっていいかもしれないけれども。

江藤　文壇があったんですね、当時は。

蓮實　ですから、壇前＝壇後といいますかね、(笑)この違いはすごいことだと思いますね。

江藤　だからさ、ぼくは芸者で、蓮實さんはスナックなんだよ。(笑)だけどスナックのほうが〝輝く〟んですよ。

蓮實　しかし、あの〝輝く〟スナックさんは、思えば思うほど不思議ですね。

江藤　不思議ですね。あれはほんとに不思議。……あれはともかくどうでもいいけれども、いまのは、比喩的に伺えばわかるような気がしますけれどもね。

蓮實　いや、別に比喩的でもなんでもなくて、柄谷さんでもやはり、柄谷さんのほうが文芸批評を書かれたのはぼくよりずっと前ですから、数年の違いだと思いますけれども。

江藤　柄谷君は、ぼくがちょうどたまたま『群像』の新人賞の審査員をやっているときに出て来た新人批評家ですね。

柄谷さんと蓮實さんは、お年は？

蓮實　ぼくのほうが上です。彼は五つ下です。でも、文芸雑誌というものに対する執着がどうも違うなァという気がしますね。

江藤　ああなるほどね。ぼくは蓮實さんのお名前を最初に伺ったのは中村光夫さんのお宅でですよ。『ボヴァリー夫人』かなんかを改訳しておられて、蓮實さんというすごくよくできる若い人がいるから、ぼくは蓮實君を頼りにしてやっているんですよと言われたことがあって、中村さんという方は正直な方でね、そういうことをちっとも隠さずにおっしゃるんです。ああ蓮實君ですか、そうですかっていって、そのときにはじめて伺った、随分前のことですよ。

蓮實　あれは中村さんがヨーロッパに発たれる前だったかな。

江藤　二十年ぐらい前でしょう。そのころからお名前だけは、存じ上げていたわけだけれども。

蓮實　たぶん、一九七〇年の前後だったと思います。でも不思議ですね。不思議って、まさにそれが制度だと思うんですけれども、今日までお会いできなかったわけですからね。（笑）つまりだれも会わせようとしてくれなかったし。

江藤　そうそう、それでね、ぼくは非常に図々しい人間と世間で思われていて、そのとおりだと思うんだけれども、実は個人的には非常にシャイな人間でね、人さまのお宅に訪ねていくということは、よっぽどのことがないとしないし、求めてあんまり人に会わないんです。そういうせいもあったと思いますね。だけれど、このたび、こういう機会があってね、ほんとうに今日は嬉しいことで。

蓮實　しかもこういう場所で……。

江藤　ほんとうにね。

今までそうだとは、あんまり思っていなかったんだけれど、実に人見知りの強い人間だったんだな。全然、人の家に行かない、行きたくないのね。（考え込むように、グラスに眼をやりながら）どうしてだろうね、それは。

……自分の家に人が訪ねてこられるのは大歓迎なんですよ。もう毎日でもいいという感じなんですね。ただねェー、人さまのお宅にうかがうのは、よっぽどのことがないと行かないんですねェー。儀礼的にどうしても行かなければならない場合っていうと冠婚葬祭ですね。冠婚というのはあまりないから、葬祭ということになっちゃうわけで。人懐っこく、そういうことを実に上手になさる方があって、こうだったああだったという話を聞くと、羨ましいなァと思うんだけど。じゃ、何がいやか、というと別になんにもないんですけれどね。

蓮實　あのー、フランス人はアメリカ人に較べて、ちょっと取っ付きにくいというところがあるんですね。プライドは高いし。特にパリの連中なんか。でも、あれも一種のシャイなんですね。

江藤　そうなんですね。イギリス人がそうですね。イギリス人はものすごくシャイなんですね。そのかわり、いったん心を許してくれると、非常にセンティメンタルで、深くなりますね。そういうふうになる人のほうが長いこと付き合えるんですね、ぼくはいちばん深く長く付き合っているのはイギリス人です。アメリカ人じゃないですね。アメリカ人のハァーイというのはたくさんいるけれども、その場で忘れちゃう。忘れちゃうといっちゃ悪いけれども。すぐ、ファーストネームで呼んだりするでしょう。向こうが都合がいいときほど、初対面なのに、ウイスキー二杯ぐらい飲むとね、ジュンとかなんとかいいやがる。（笑）とてもじゃないと思って。

蓮實　お酒飲まれるのはいつもお宅で飲まれるのですか。

江藤　ええ、だいたいうちですね、このごろは。四十代半ばくらいまでは、『季刊藝術』という雑誌をやっていましたものですから、編集者兼業で、銀座あたりで、飲んだりもしたんですけれども、それがまさに制度だということがわかってくると、実につまらないんですね。これを永遠に繰り返している人がいるということが信じられないようになるんですね。ちょうど五十四年から五十五年まで、親父が死んだあとに一年アメリカの研究所に行っていまして、毎日毎日一次資料の検索ばかりやって、帰ってきたら、高い金払って酒を飲みに行くよりは、うちで飲んだほうがいいという心境になって来た。酒屋にかけあってね、「高島屋」の安売りだとこれこれだけど、君のところが一万円以上つけているとは、けしからんじゃないかとかなんとかいってね、そのかわり半ダースとるから、八千円にしてくださいっていって。いや、先生、それはいくらなんでもあこぎだ、九千円だというから、まァそれは一万二千円より九千円のほうが安いからいい、持ってこいって、ブランデーを持って来させてだいたいうちで飲んでますよ。それで見ているのは、「水戸黄門」とかね。(笑)もう実に制度化もいいとこでね。(笑)いっさい頭脳に刺激を与えない、もう眠気を誘うようなテレビ見てね。だからそうなると、これはもうプロ野球ですよ。プロ野球が始まれば、これは面白いですよ。なにが起こるかわからないから。まあそれはカメラのアングルとかいろいろありますけれどもね。いや、テレビでプロ野球見ているなんて、実はだめなんですけれどもね。ほんとうは後楽園へ行きたいけれどももう永年行ってないな。でも野球というのは面白いね。面白いですよ、ほんとにあれは。江川っていうのは運に見放されているところのよさがあるね。ああいうのは絵になるからいいね。ピッチャーがマウンドでさまにならないのは、だめですね。西本なんていうのは、ほんと

にセコイね。（笑）

蓮實　セコイですねェ。

江藤　セコイですね、ああいうのはね。それから監督としての王が駄目でしょう。王は、また駄目なんですね。なぜか、これにはいろいろ理由があって、わたしはいくらでも言えますけれども、まさに駄目なんですね。いわゆるひとつの長嶋さんのほうの器が、……違ってるんですよ。

――（爆笑）――

蓮實　長嶋さんはやっぱり稀有な人だ。（笑）

江藤　ほんとに稀有な人だな。（笑）

蓮實　やはり快楽が波及するんですね、彼の場合。

江藤　ほんとにそうですね。それにしても江川っていうのは、あれはたいしたもんだね。絶対このチームは勝たせまいと思ったら、勝たせないところに……。（笑）あれはほとんど日本的文脈を超えたピッチャーですよ。

蓮實　全然話は違うんですが、……江藤さんのお書きになったもので、いろいろ腑に落ちるものと腑に落ちないもの、いっぱいありましてね。それで非常に好きなものもあるし、……で、これはたしか新聞にお書きになった短いものだったと思いますけれども、万博のときに、大阪の万博会場歩いてらして、「園遊会」のことをふっと思い出すということが書いてあって、あの明るさと、華やかな、……あの、幸福といいますか、リラックスしていながらもだらけていない、ああいう瞬間に対する感性というのを非常にもっていらっしゃると思います。もちろんあそこで思い出されるのは、女性作家のことですけれども、ああいう明るさと女性作家、あるいは女性一般でもいいですけれども、そんなことをどう考えていらっしゃいますか。これは一度伺ってみたいと思っていたんです。

江藤　アハハ、むつかしいなァ。……わたしは祝祭的雰囲気というのは好きなんですね。なぜ好きなのかなァと思うんですけれどもね。おっしゃるのはキャサリン・マンスフィールドの短篇小説のなかに出てくる華やかなお祭りの雰囲気のことだと思いますけれども、ほんとうにわたしはそういうのが好きなんですね。いまでも偏見をもっていましてね、近頃の短篇が百枚ぐらいあるというのはまずナンセンスで、三十枚ときめて、縁日とかお祭りとか遊園地とかそういうことだけで、そのなんともいえない楽しいような悲しいような雰囲気を書いてくれる人がいないかと、夢想しているんですけれども……。

蓮實　それは男性でも女性でもということですか。

江藤　男性でも女性でもです。だけどどちらかといえば女性に傾くのかな、そうかもしれないな。たまたまそういう気分を、わたしにぴったりというふうに書いてくれたのがキャサリン・マンスフィールドだったということがひとつと、それからおそらくこれは一種のマザーコンプレックスみたいなもので、わたくしは四つ半のときに生みの母親を亡くしましたから、これはむずかしい問題になるんだけれども、つまり女性的なものに対するある期待とか対し方とかいうものが、客観的にいえばあるんでしょうね。ただねェー、変な話ですけれども、母が亡くなるでしょう。葬式があるでしょう。親類の女がみんな来るでしょう。みんなが慰めてくれるんですよ。これはものすごいいことなんです。母が死んだことをほとんど忘れるくらい、女といっても、年寄はあんまり寄って来ないですね。要するに女性だということが弁別できるくらいの、三十代から十七、八ぐらいの、（笑）つまり叔母とか従姉とかがそばに来てくれる、アッちゃんアッちゃんていってね。すごくやさしくしてくれるわけね。そうすると、おふくろが死んでこんな多くの女性が、チヤホヤしてくれるというのが、そのときは一瞬のことだとは思わない、永遠にそう思ってくれると思っている。それがだんだん裏切られて、そんなのすぐ忘れちゃって向こうは別のこと考えているということが、だんだんわかってくるんですけれども、それはやっぱり男ですからね、いくら子供でもね。これはやっぱり悪くないんですね。わずかに一回モテたという、（笑）……哀れにも、もてた記憶がずっと残って、それと祝祭的なものとがオーバーラップして、なんかお祭りムードになると、女性的なものが出てくると思っているんじゃないかな、どっかから。（笑）非常に無責任なようだけれども。

まあ有責任にいっても変わらないんだけれども。（笑）いや、このごろあらためて女性的なものというのはいったいなんだろうと思うんですよ。もちろんすばらしいものにちがいない。男はそれを求めて生きているんだから。しかも、その女性的なもののなかの、すくなくとも半分ぐらいの属性を占めている母性的なものとの縁がごく浅かったということになると、なんだろうという気持ちが深くなるのはあたりまえですね。それはそれとして、もう五十何歳かになりまして、半生を振り返ってみますと、このごろ女性的なものとは、おそらくかなり怖いものじゃないかという感じがしてきましたね。女という記号が、どれだけ読めているかという問題ですね。これは実に制度化されていて男は読めているという前提で生きている。だけど、あるとき読めなくなるということがあるでしょう。それは小説や戯曲は、そういう瞬間を問題にして来た。とくに小説の世界がそうだと思うんですけれども、小島信夫の『抱擁家族』で、奥さんがアメリカの兵隊と関係があったかもしれないと悟って、愕然として主人公が庭を見るところ、そういう箇所にもっとも典型的に出ているわけだけれども、そういう深刻な体験があろうがあるまいが、だんだん年を経て、人間五十年、下天の内をくらぶればという年まわりになってくると、いったい自分は女という記号のなにを読んできたのかという疑いにとり憑かれることがある。なんにも読んでこなかったはずはないけれども、ひょっとしたら誤読しつづけていたのかも知れない、よきにつけあしきにつけ。女性という記号が時々刻々と表現しているものがなんであるかについての、なんというのかなァ、解読不可能性については、いまも、大問題だと思っているんですよ。(笑)

蓮實　じゃ、女性作家ということだけに限るとどうですか。

江藤　女性作家ですか。

蓮實　最近、女性作家が多いですね。

江藤　女性作家というのは、ちょっとこのごろ変わってきたんだけれども、元来好きだったですね。とくに外国の女性作家の場合、読みやすいんですね。女の言葉のほうが、英語でもフランス語でも、とにかく読みやすい。単に文法的に読みやすいだけじゃなくて、いわば言葉つきのなかにお母さんが赤ん坊に言うようなものがあるんですね、だからナースされている感じがあって、それが快いんですね。日本語の場合ももちろんそう思うけれども、外国語のほうが、よりするどく感じるんです。そういうものを。だからぼくは外国の女流作家はもう無条件に好きですよ。

蓮實　無条件にですか。

江藤　日本の女流作家は有条件に好きだ。（笑）

蓮實　なかには男のような人もいますね。

江藤　ええ、それはもうおられます。具体的な女流作家というものは、これはもちろんぼくが人見知りだから、パーティなんかでは、お辞儀して逃げちゃうんですね。だからお書きになったもののなかでの言葉のさわり方ですね。女ことばっていうのがあるでしょう。これはいくら差別だのなんだのっていったって、関係ないんですよ。そういうことばが絶対にあって、そのことばはわれわれにはどうしてもさわれないさわり方をするでしょう。この感触がたまらなくいいんですね、ぼくにとってはね。だからこれは高い文学だとかなんとかいうんじゃなくて、なんというのかなァ……。

江藤　価値の問題じゃないですね。

蓮實　価値の問題じゃない。もっと官能的な問題ですよ。

江藤　わたしもね、つい最近、フランソワーズ・サガンのいちばん新しい小説、小説というよりほとんどエッセーですね。彼女が最初にアメリカへ行ったときのことを書いているんです。直訳すれば、わたくしの最良の思い出となるんですが、要するに、書簡の最後に記す言葉ですね、それを題にもっていって、これがいいんですね。大変いいんで、まず名文だということですね。自分はけっしてあのような文学を評価しまいと思っていた人でもあるわけですね。にもかかわらず、読むとスーッと引き込まれて、水というか空気というか。

蓮實　そうそう。「問題」ではないんですよ。

江藤　「問題」でないんですね。

蓮實　「問題」をスーッとすりぬけていっちゃうんですよ。いや、ぼくはね、そういうことをよく考えてみなきゃいけないと感じるのです。よく考えなければならない「問題」とはいいませんけれども、つまり……。

蓮實　「こと」、ですね。

江藤　「こと」ですね。なぜ女性は、「問題」が櫛比している世の中で、「問題」をスッとすりぬけていってしまうのか。そして、非常に原初的なことであり、素朴なことであり、しかしそれがなくてはわれわれが生きていけないようなことを、ぐっと言ったりしたりして、驚かしてくれるものかということですね。その辺を忘れていると、ビシャーッとやられるでしょう。（笑）

蓮實　……えーえーッ。（笑）

江藤　ウーン。……何を言っているんでしたっけ。（笑）

向こうはやってやれっていうつもりかもしれないけれども、こっちはそう思うんですね。（笑）でもそういう点では、『反＝日本語論』に書いていらした、地下鉄とバスとで別々にご帰宅になるところがあるけれども、……あれはまたねェー、随分高級な議論から始まっていると思うけれども。（笑）

蓮實　低級そのものですよ。

江藤　（溜め息をつきながら）……でも、よくわかる感じがする。

蓮實　（小さな声で）……しかし、女性っていうのは困りますねェー。

江藤　（やはり小さな声で）……ほんとに困る。

蓮實　しかし、われわれがうろたえていると、不思議な形でこっちの態勢を立て直してくれるようなところがありますね。

江藤　そうですね。ほんとにそうですね。

蓮實　これは、そうお思いになりませんかね。ぼくは、中村光夫先生とか大岡さんなんかにお会いしていると、非常に女性的な感じがするんです。

江藤　あ、思います。

蓮實　あれはなんでしょうねェ。

江藤　なんでしょうねェ。

蓮實　中村さんのほうがずっと……。

江藤　気丈夫であられるし、フィジカルな点ではね。

蓮實　ある繊細さがあって、おそらく最近の女性なんか持っていないかもしれないような肌ざわりを、表情とか振舞とかいうものをこえて風のように送ってこられるんですね。

江藤　それはどういうことかな。それはある意味で羨むべきことかもしれないし、ある意味では大変な問題かもしれないし、よくわからないですね。小林さんにはなかったですね。

蓮實　ないですね。吉本隆明氏もない。

江藤　吉本さんにも全然ないですね。

蓮實　やっぱり昭和十年代というところにいきつくのかなァ。

江藤　そうかもしれない。それはやはり、「問題」と不可分でしょう。たぶんそうですよ。そういう「問題」が増幅してくるところで応接にいとまがなくて、しかもある基準をなんとか守ろうと思っておられるとね、これ男性という役だけじゃ、うまくいかなくなっちゃうのかも知れないなァ、ひょっとしたらね。

蓮實　それに対する理由はなんにもないんですけれどもね、不思議な……。

江藤　そうですね。それはするどい観察だと思います。その点では、お二人の間にいろいろ牽引作用もあり、反発作用もあり、それはわたしも存じ上げておりますけれども、似ていらっしゃいますね。

蓮實　全然違うんだけれど、似ていらっしゃいますね。ぼくは中村さんをいちばん最初に存じ上げたのですね。それから大岡さんは、「小林秀雄論」を『聲』にのせていただく少し前ごろから深くお付合いさしていただいたのですが、小林さんのところには、書いている間は行くのがいやでね、強い人格から影響されるのが怖いから、わざと会いに行かないようにしていました。書きあげてからはじめて新潮社の編集者の仲立ちで、鎌倉のお宅にお訪ねしたんですよ。小林さんにお会いしたときはね、びっくりしたってことなかったですね。別にすごいえらい人が出てきたっていう感じじゃなくて、気さくで暖かいんですね。「おお君かい」っていって「あがんなさい」ってなもんでね、「それじゃてんぷら食べにいくか」っていうんですね。そうかといって、別にてんぷら食べにいったからどうってこともないんです。要するに非凡な植木屋のおやじさんに会いにいったような感じなんですね、へえーっ、これがあの、つまり中村さん、大岡さんから伺っていた小林秀雄さんという人はこういう人なのかと、なんかスーッとあぶらっ気がぬけちゃったというか、なまぐさいものが消えたというか、「ああそうかい、へえー、ううん、大岡はそう言ったかい、ふうん」てなもんでねェ、(笑)それですんじゃうわけですね。いや、大岡さんに言わせれば、おまえ、小林っていうやつはそういうやつで、そういうこと言うんだ、ふうんとかなんとか言うんだ、煙に巻かれてるだけだって、言うかも知れない。中村さんに言うと、ううん、小林はそう言ったかな、それは大岡のこれこれと関係があると言われるかも知れないけれども、小林さんは、「ふうん」、「はあー」てなもんでね。こっちは誰がいちばん楽かというと、小林さんが楽なんですよ。あるときは突然、なんだおまえ、こんなだらだらセンティメンタルなこと書きやがってってお目玉が飛んだからね、『一族再会』で母親のことを書いたときです。「そんなことといったって小林さん、それはしようがないでしょう」って口答えしたら、「しようがないことないよ、おまえ」って、「だいたい長すぎるじゃないか」って言うから、「何十行長いんですか」っていったら、「何十行の問題じゃない、何行だよ」「ああそうですか、たった何行ですか」「ここは三行半長いじゃないかぁッ」て。(笑)いやそれは、まったくそうなんですよ。長いんです。よけいなんですね。三行半長いじゃないかっていってね、これがわかんないかぁッて、こうやられる。まったく植木屋の親方に枝の切りかたを教えられているという感じがしてね。違うんですよ。知的でないんです。非常に、野蛮なんですよ。

蓮實　凶暴野蛮……。（笑）

江藤　凶暴野蛮ねェ……（笑）しかし即物的でね。そういう心がけで文章を書いていかなかったら、おまえどうやってこの世で、批評家だなんていってめしを食っていかれるかと。おまえな、本気でやる気だったら、それぐらい真剣にやらなきゃだめだよっていう、三行半長かったらもうそれで次から原稿買ってもらえなくなるかもしれないよ、その怖さがわかってやっているのかって言われる、その真率な気魄というか、その大師匠のですね。そうやって生きてきたのか、この人はっていう発見は、これは感動的だったですよ。ぼくは、それについては何度か書いていると思うけれども、小林さん、批評家の現役で八十歳まできちんとやったっていうことはえらいことだなと思うんですよ。まァ、あの人は、戦前は明治大学の先生として、俸給を取っておられたけれども、戦後、追放じゃないけれども、自分から明治大学の文芸科をひかれたあとはまったく筆一貫でしょ。ぼくは十四年間筆一貫で暮しを立てたあとで、いろいろな事情から学校教師になったけれどもね。いや、たいしたもんだ。それはすごかったですよ。そこには女性的なものはなかった。

蓮實　海軍ですね。

江藤 海軍ですよ。ぼくは女性的というものは非常に評価するけれども、男が女性的になったときの、このー、むずかしさというものは、よくわからないですね。できるだけ、あまり女性的と言われないでやっていけたほうがいいのではないかと思っているのですがね。

蓮實 でも、ぼくはね、大岡さんややっぱり中村光夫さんの女性性というのが、なんか懐かしくてしようがないんですね。とても初めてお会いしたという感じがしない。これはなんなんだろうなァと前から思っているんですがね。昭和十年代に行きつくほかはないなァ、と思っているんです。もちろんそれは書かれたものにしてもそうなんですね。もちろんお会いしているときもそういう感じがしますけれども。それから、中村さんなんて実に理不尽なことおっしゃったりしますけれどもね。それでもどっか非常に柔らかいんですね。それから大岡さんなんてべらんめえな口調でおっしゃいますけれどもね、これはこまやかさというのかな、きめが違うんですね。このきめが、たえず記号を読んでいくときに、いや、読むまい、これは撫ぜておくだけにしようと思わせる。それで撫ぜておくほうがずっと大きな喜びを与えてくれるに違いないと。その喜びを絶えず与えてくれる。これはほとんどぼくらと同世代じゃないかと思うほどの、ね。

江藤 なるほどね。それはわかるような気がしますね。ただ、それはひょっとしたら……。

蓮實　いや、自分でもよくわかりませんけれどもね。なんらの差別意識で

江藤　蓮實さんの奥様は、外国の方でしょう。なんらの差別意識で言うわけじゃありませ言うわけじゃありませんが、奥様は直観的に、また記号的に、蓮實さんが中村さんや大岡さんに感じておられることについてどうおっしゃいます？

蓮實　なんかうすうす感じとってはいるようですね。

江藤　でもうすうすでしょう？

蓮實　ええ。

江藤　あんまりはっきりはいわれないでしょう？

蓮實　いいませんね。

江藤　わたしの女房は日本人ですからね、そういうことは敏感に感じますよ。もし、ほとんど同性愛ということになったら、女房は許さないと思うんですよ。そういうものがありますよ。やっぱり、これはむずかしいですよ。だから、同性愛、同性愛っていったって、(笑)別になにも中村さんのところで、イチャイチャするわけじゃないからいいじゃないかといったってね、(笑)そんなことといったってなによ、あなた男でしょって、こう言われたら、男だって顔しなきゃならなくなってくる。ぼくはいまたまた女房を出しましたけれども、それはわかりやすい表象として言ったわけでしてね。

それでぼくはとにかく、中村さんにはほんとうにこれは、なんというか恩義あるのみ、

大岡さんにも恩義は多く、なにを言ってもね……。（笑）ただぼくはね、なんで大岡さんが、あるときまで、むちゃくちゃにペロペロなめるようにいろんなことしてくだすって、あるときからそうじゃなくなったかがよくわからないんですね。わかるっていえば簡単にわかるんですけれども、わかりたくないという気持ちもある。だからぼくはこれはむしろわからないようにしようと思っているんです。

蓮實　それはそうなさったほうがいいですね。

江藤　ええ、そう思っていますよ。

蓮實　まわりがいろいろわかったつもりになるだろうけれども、それは……。だからぼくはわからないですよ。それは、わかったたって言う必要がないでしょう？

江藤　わからない。それもまたいいじゃないかという、ね、日本の文学の世界、いろんなことがある。なにもかもわかっちゃ面白くないんで、わからないことがあってもいいと思います。

蓮實　そういう気持ちをぼくは持っています。若手批評家たちが「中村光夫の近代批判」なんて書くわけですね。そんな言葉の問題じゃないんですね。（笑）

江藤　そうじゃない。それは違う。そうじゃないでしょう。中村さんていう人はそんな近代なんてものじゃないですよ。あの人は、小説が書きたくてしようがない人ですよ。

蓮實　変にエロですよねェー。存在そのものがエロっていう感じですね。

江藤　そうそう、エロです。あの人はエロそのものですよ。だから、エロならエロでエロらしくやりたいんだよね、もっとね。（笑）……ドーンとエロでやってくれ、舟橋聖一も死んじゃったけれども、あんなの吹っとんじゃうかも知れない。それぐらいエロの充電率は高いでしょう。

蓮實　高いですねェー。

江藤　だからもう、デェーンとエロでやって欲しいと思う。いや、ひょっとしたらあるのかもしれない。じいっと隠してね、ドカーンとやるのかもしれない。そうであることを望むけれどもね。

……そろそろ、今夜は、この辺で、もう休みましょうか。夜も更けて来たし……。

蓮實　そうですね。

……どうも、ほんとに。

（気が付くと、心もち開けられた窓から入る夜気が、かなり涼しく感じられた。蓮實氏、チョコレートをひとつまみ、……そして、両氏は自室に戻られた。最終電車は出たのかどうか、ホームに人影はない）

朝の食堂

（微風にカーテンが心地良げにゆれる窓辺のテーブル。開け放たれた窓からは、足早に今日の行動を開始した勤め人の列、バスの停留所がよく見える。
午前八時半。蓮實氏、新聞をひろげながら、朝の陽射しを愉しんでいる）

（江藤氏、登場）

江藤　おはようございます。

蓮實　おはようございます。

（BGMは、「オリンポスの少年」「イタリーの庭」等、ポール・モーリア・グランド・オーケストラ）

（ウェイトレスが注文をとりにくる。両氏、渡された朝食のメニューをながめながら……）

江藤　わたしはグレープフルーツのジュースと、ベーコンエッグと、それからトーストとコーヒー。

蓮實　ぼくも、それとまったく同じ。

（両氏、改めて窓の向うの光景をながめている。窓の一角を、色彩豊かに、様々な電車が通り過ぎてゆく）

蓮實　ここはいいですよォ。

江藤　面白いですねェー。こういう景色が見えるホテルって、ほんとに少ないものね。

蓮實　だいたい見えても、音が遮断されているんですよね、ほとんどのホテルは。でも、ここは現実音が入ってきます。

江藤　そうそう、ほんとにそうですね。今朝もなんだか夢うつつに、発車のブザーが鳴っているのが聞こえました。

蓮實　あれが一番響きますね。ずいぶんあれはけたたましい音だな。

江藤　三時半ぐらいに目が覚めましてね。咽喉がかわいたもんだから水を飲んだらあんまり冷たくなかったので、自動販売機でビールを買おうと、（笑）こっそり廊下へ出ましてね、それでビールを飲んでまた寝たんですが。

蓮實　ぼくも七時に目が覚めて新聞を買いに出てね、きのう見てどうしても入りたかったので、精養軒というところに入ったんですよ、朝。（笑）そこで和食、洋食の、たいへんな数の人たちがお弁当を食べていますね、朝ね。かなりの管理職クラスの人たちが。あれ家で食べないいんですかかね。遠いのかな。

江藤　たぶん遠いんでしょう。
蓮實　遠いんでしょうね。
江藤　うっかりすると、三食外食している人がいるわけですね。
蓮實　朝からなぜか声をひそめてお金の相談をしている男女がいたりねェー。(笑)
江藤　はァー、面白いね。(笑)
蓮實　恋人とも、なんとも思えない人たちだけれども、商売人ですかね。
江藤　朝っていうのは、考えてみると非常にリアリティがありますね。……今日の手形を落とすとかね。
蓮實　男女なんだけれども、その男と女の楽しさというものは皆無の感じでね。やっぱり商売厳しいなァという感じがしました。(笑)
江藤　身が引き締まる思いで。(笑)
　きのうグリルへ行ってちょっと気がついたんだけれども、こっち側のそういう食べるところの、丸の内サイドのリアリティと、八重洲口の地下街の雰囲気、ぜんぜん違いますね。
蓮實　違いますね。
江藤　八重洲口のほうはなんだか知らないけれども、一種抽象的でね、こっちはなんかちゃんと食べている感じがするね。

蓮實　グリルっていう感じがしますね。
江藤　そうですね。
蓮實　取り残されていることに関して苛立ちがないのね。(笑)
江藤　それはあれじゃないですかね。やっぱりこっち側がメインだっていう誇りがあるからね。……皇居は前だし。
(「はとバス」ご利用のお客様にお願い申し上げます――「はとバス」発車案内のアナウンスが聞こえてくる)
江藤　「はとバス」なんて、こんなに早くから出るんですか。
蓮實　階下に、「はとバス」の申し込み所と……。
江藤　ああ、ありましたね。
蓮實　たくさん待ってますね。みんな、……並んで切符買っているんですから。
(江藤氏、「はとバス」を眺めている)
江藤　小さな「はとバス」だなァー、可愛らしい。
(両氏、食事の手を休めて、窓の外を眺めている)
蓮實　天気回復しましたね。
江藤　今日は晴じゃないでしょうか。朝早くは、だいぶ霧が出ていた。
……勤めに歩いて行くときの人の後姿というのは、勤め帰りに電車を待っている顔とは違うんですね。
蓮實　ちょっと違いますね。
江藤　やっぱり真面目なんですね、みんな。（笑）……働きに行くときは。
蓮實　階下に降りるでしょう。ぼくは人の流れに逆らって精養軒に行くわけですよ。……みんな、パッパパッパパッパパッパと歩いていきますね、確信を持って。……いいのかな、と思いながら、そこでスポーツ新聞読んだりして……。（笑）
江藤　あの人どうしたんだろうなんて、（笑）……ただいま失職中であります。（笑）
（蓮實氏、笑いながら、テーブル中央に置かれたジャムのバスケットを眺める。「色々ありますね」と言いながら、ブルーベリー・ジャムを取る。BGMは「おしゃれな貴婦人」から「旅情」に変わる）
江藤　きのう、東京駅に着いたときに、通過しないで、ここで一応停止するというのは、非常に特異な経験だなと思ってね、そうすると歩き方もゆっくりになるんですね。……ここで泊まるのかと。（笑）
蓮實　ここへ来る前にちょっと人と会っていましてね、お出掛けですかっていうから、「ハイ」。鞄持っていましたからね、ええ、ちょっと、今晩は帰りません。どちらへっていうから、東京駅へ。（笑）
江藤　まず、けげんな顔をするでしょうね。

蓮實　何時ですかって言うわけですよ。だから、一応五時なんですけれどもねって言うとね、どちらへって。……そこで説明出来ないわけですよ。

江藤　そこで泊まるっていうのはね、これはかなり特異なことですね。

蓮實　特異ですねェー。今後もまずないでしょうね、こういうことは。

（三浦半島〇〇コースご利用のお客様——再び、「はとバス」発車案内のアナウンスが聞こえてくる）

蓮實　ああ、三浦半島までいくやつがある。

（両氏、数台並んで発車を待つ「はとバス」を羨ましそうに眺める）

蓮實　乗物が人を幼児化させるのはなぜでしょうね。

江藤　ほんとにねェー。

蓮實　江藤さん、よくご経験されるでしょうけど、国際学会でエキスカーションというのがありますね。で、バスなんかに乗ると、前日までむずかしい顔をして怒鳴りあって議論していたやつがいかにも弛緩した顔でみんな、ここからこう乗るでしょう、スーッと乗ると、みんな首から上が見えるわけですよ。

江藤　それは面白い観察だな。アメリカ人の学者で、浜松町までモノレールに乗ったって、ものすごく喜んでいたのがいたな。おまえは乗ったことがあるかって。だれだってそれは乗りますよね。あるって言うと信じられないような顔をして。（笑）このごろの山手線のは全部みどりに塗ってないで、みどりの線が入っているジュラルミンの弁当箱みたいなのができましたね。きのうぼくはそれに初めて、でもないけれども、初めてといってもいいかもしれないな、乗ったんですよ。やはりなんとなく心が浮き立つものね。（笑）
蓮實　地下鉄銀座線の新車輛、それもそんな感じですね。
江藤　そうそう、……今は、そういう様式なんですね。
この間、新幹線の最初の車輛が引退したという新聞記事が出ていたけど、だいたいあいうものは二十年ぐらい持つんだなァ……。
（江藤氏、サラダを引き寄せながら、窓の外を眺めている。出勤途中の諸氏諸嬢の後姿）
江藤　まだ九時には、ちょっと間があるから、次々と行きますねェー。
蓮實　この時間は、案外車は少ないですね。
江藤　ぼくはだいたいいまごろの時間に鎌倉駅に立っているんですよ。八時五十三分というのに乗ると、十時ちょっと過ぎに大岡山に着くんです。
蓮實　どういう人種ですか、そのころは。
江藤　要するに役員ですね、会社の。十時にこの辺のオフィスに入るという人たちでしょう。それがひとつ遅れると、会長、相談役です。（笑）
蓮實　うちの家内が日本に着いて、最初に銀座の日航ホテルに泊まったんです。夜着きましてね、朝起きて窓を開けたら、外に京浜東北線が走っていて、日本には青い電車が走っているってね、非常に印象的だったって言いまして……。あれはいつごろから、青色に塗り替えたのかしら。

江藤　ぼくもいま、それを考えていたのですけれども。

蓮實　やはり東京オリンピックかなァ。

江藤　それまでは、鉄色でしたね。

蓮實　意外にいいですね、この青という色は。……新幹線はどうもいただけないな。

江藤　青はいいですね、ほんとにね。それから山手線もまあいいな。このごろは「踊り子号」というのがありましてね、クリーム色にグリーンが塗ってあるやつ。

蓮實　最初なにかと思いましてね。

江藤　ほんとですよね。

蓮實　江藤さん、戦前の鎌倉ご存じですね。いらしたから。

江藤　はい。

蓮實　あのころは江ノ電が八幡宮のほうから出ていたでしょう?

江藤　そうです、はい。道から出てそのまま……。

蓮實　そうですね。道から出て。

江藤　島森書店の前からね。

蓮實　それをずーっと鎌倉に住んでいる人に言ったんです。そしたら絶対に嘘だと言い張るんですよね。ぼくより少し下の人なんだけれども、そんなことはありえないって言うんですよ。そのうちにぼくも夢をみているかなという気がしまして、川喜多和子さん、あの方はずっと鎌倉に住んでいるわけですよ。いや、絶対にこっち側から出ていたんだって。夏はときどき屋根があく電車ってありませんでした？

江藤　屋根があくというよりは、風通しがいいように車体に風穴がいっぱいあいていましてね。納涼電車。青く塗ってある……。

蓮實　そういうのがあって、こっちから出ていた。彼女は戦後生まれなんだなァ。

江藤　あんまり江ノ電に乗ったことのない方なんじゃないかしら。

蓮實　そうかもしれません。

江藤　わたしは稲村ケ崎にいましたから、江ノ電に乗らないことには町の中心に出てこられなかったですから、……八幡様の方にね。小学校に通うのにも江ノ電に乗っていましたから。……あれは戦後のことでしょう？　いまの裏駅側に変わったのは戦後だと思います。たしか昭和二十四年ころじゃなかったかな。ぼくが鎌倉から東京に戻ってからですから。いまはなんと驚いたことに、四両ぐらいで動いてますね。昔は一両でした。あれ、何両あったのかな。一一一、一一二というのは納涼電車で、一〇一から一一七か一一八ぐらいまであった。そういうふうに番号がついていた。ところがどういうものか一一六とかいうやつが、いつも極楽寺の車庫に入っていてね、一つだけちょっと様式が違うんですね。

どうなっているんだろうと思ったら、ある日みたらそれが動いているんですよ。少しこう丸まっちい感じの電車だったですね。それが動いているのを見て非常に安心した。（笑）

蓮實 それはわれわれの子供時代の記憶ですね。わたくしは六本木に住んでおりました。四谷塩町から札の辻まで、あれに七七という番号の電車があるんですよ。（笑）それがなぜか好きなわけね。（笑）

江藤 あるのね、そういうことってね。

蓮實 朝七七に乗れたりすると、一日幸福だったり。

江藤 そうそう、そういうことはあった。四谷塩町というのは、霞町を通っていくやつでしょう、墓地下から。祖母の墓参りにお供していくときに乗った電車だ。

蓮實 最近ちょっとスイスづいておりましてね。スイスはもともと知っていましたけれども、数年前に、はじめてスイスのイタリヤ語圏というのを知ったんです。これはイタリヤの明るさとスイスの清潔さが共存していましてね、実にいいところなんですね。ロカルノという町なんですけれども、そこの映画祭に、友人たちがいて呼んでくれるようになったので、数年続けていっています。だいたいパリのほうから行くので、ジュネーブなりローザンヌなりについて数日過ごして、そこからロカルノへ行くんですけれども、面白いんですね、自分の国へ行くのに他人の国を通らなければ行けないわけ、汽車でイタリヤ通らないと行けないんですよ。それでミラノ行きのイタリヤの列車に乗って、ドモドソーラというところで降りて、そこから登山電車が出るんです。初めての電車だし、スイスのアルプス側は知っていたけれども、そちらは初めてだったので、ふっと乗ったらね、これが江ノ電なんですよ。雰囲気がとにかく昔の江ノ電としか思えない。それは二両なんですけれどもね、納涼電車の雰囲気なんです。

江藤　ああ、なるほどね、なるほどね。

蓮實　夏ですしね。で、みんなの顔うきうきしているわけ。イタリヤから山を越えて行くんですが、終点のロカルノは、マジョーレ湖のほとりですから、こうずーっと平地になって、家の脇をぬけたり湖畔に出たりで、やっぱり江ノ電なんですね。一部箱根登山鉄道みたいのありますけれどもね。初めてなのに知らないことではない、知っているものなんです。で、あっ、戦前の江ノ電だって思い当って、妙に感動しておりましたね。第一、ドモドソーラなんて嘘としか思えないような名前の駅がね。

江藤　なるほど、スイスのイタリヤ語圏というのは面白いでしょうねェー。北イタリヤのトレヴィゾというところにわたしの妹が住んでおりましてね、妹は国際結婚をして、イタリヤの銀行に勤めていた夫と一緒にいるんですが、その亭主の実家というのは、そこからさらに北に行ったルスティーネ・ディ・オデェルツォという村なんですけれども、もうちょっと行くとオーストリヤになっちゃうような場所で、アルプスの南斜面ですね。村一つ全部がその家の所有で、ぶどうをつくっている。造り酒屋なんです。二級酒は四階建てのマンションみたいな塔のなかに全部入っていてね。一級酒と特級酒は樽で寝かしてある。二代続けて男の子しかできなかったって言うんですが、その屋敷のなかに小さな礼拝堂があって、その家に娘があれば婚礼のときには、その礼拝堂で式を挙げるというしきたりなんです。二代も続いてこの礼拝堂を使わないのは、いかにも残念であると、当時健在だった父親が言いだしましてね、東洋から毛色の変わった嫁がくるんだから、わたしの代は特別の計らいで使わしてくれっていって司教さんのところに願い出たところ、それはご奇特なことで、結構でしょうと許可が出た。

蓮實　ゆるやかな制度なんですね。(笑)

江藤　うん、ゆるやかな制度なんです。(笑) ぼくは、親父がすでに少し弱っていましたので、出張のかたわら親父の名代で婚礼に参列するために日本から行ったんですよ。そうしたら、その婚礼の前の晩に、うちの酒倉を見てくれといって、作男頭が先に立った。それでまず東の塔というのに行ったら、エレヴェーターでウワーッとてっぺんに上って、上のマンホールみたいのを、ガーッと動かしてあけてくれるんですよ。そうすると、塔のてっぺん近くまでなみなみと赤ぶどう酒がみたされていてね。あのなかにボカーッと浸かったらそのままぶどう酒づけになっちゃう。(笑) 西の塔というのにのぼると今度は白なんです。これが二級酒なんですね。一級酒の樽の並んでいる酒倉へ行ってみると、これはその、日本の酒屋さんだってそうですけれども、栓を抜いてね、これをひゅっと抜いて、トットットットッと出てくるでしょう。その酒でコップを洗うんですね。それでその洗った酒をポリバケツに受けてね、次の樽に行くとまた改めて洗ったやつを、兄さんどうぞって出してくれる。そうするとこっちのほうはまたちょっと辛口でうまかったりする。そのいろんなぶどう酒が、ポリバケツいっぱいになっているのを、どうするのかと思って見ていたら、惜し気もなく、ジャーッて捨てちゃう。もったいないってありやしない。（笑）飛切りの特級酒はボトルに詰めてワインセラーに寝かせてある。何年もの、何年ものと、その家のラベルが貼ってあるやつと何も貼ってないやつと。これは若旦那が生まれた年の酒だっていうんですね。明日はめでたい婚礼だから、前祝いにこれを抜いてやろうといって抜いてくれたんですが、なかなかのものでしたね。ずいぶん飲んだなァ、あのときは……。

蓮實　いつごろですか、それ。

江藤　十二年前です。昭和四十八年ですから。……その妹に、もう子供が二人おりましてね。結婚話が持ち上ったとき、妹に先方はどういう家だと訊いたら百姓だというから、それなら質朴でいいだろうと思ったところが、それがでかい百姓で。あのへんは農地解放をやっていないんですね。

蓮實　だからイタリヤの豊かな人たちというのは、ほんとにすごいものですね。

江藤　ほんとですね。

蓮實　お金があるのかどうかしらないけれども、物の持ちかたがけた違いにすごい。

江藤　そうですね。われわれはなんとなくイタリヤというとローマ中心で、どっちかというと、やや南のほうに傾いた見方をしていますけれども、ご承知のとおりトレヴィゾの周辺はハプスブルグの領地だったのですから、ハプスブルグ帝国内のイタリヤ語圏なんですね。だからミラノがそうだけれども、オーストリヤ的というか、そういう北方的秩序感覚とイタリヤ的なものが融合していましてね、南の方とはだいぶ違いますね。おそらくそれの延長というかもうひとつ牧歌的になったところにスイスのイタリヤ語圏があるのでしょうね。わたしのその義弟が、蓮實さんみたいに大きな男でしてね、一族みんな背が高い。面白いのは、イタリヤなんていうのは地方のゆるやかな連合体で、仮に国の名を名乗っているだけだとわたしが言いましたら大変憤慨しましてね。そうじゃない、イタリヤはちゃんとした近代国家だと。(笑) 寄せ集めじゃないかといったら……。

蓮實　百年前みれば……。

江藤　蓮實さんのおたくは二年にいっぺんぐらいヨーロッパで夏休みをお過ごしになるんですか。

蓮實　そうですね。二年にいっぺん。

江藤　わたしのところも、だいたい、義弟は二年にいっぺんぐらい、妹は毎年夏になると子供を連れて、母の見舞いに帰ってきます。

蓮實　でもイタリヤが、経済的に破綻したとかなんとかわれわれ考えてましてね、国としてほとんど扱っていないでしょう。そうはいかんのですね。行ってみるとこれがまた豊かなんですね。イタリヤの最大の産業というのは、なんでも盗んだ自動車を仕立直して北アフリカに輸出する、それがいちばん大きな産業。（笑）

江藤　儲かるんですか。（笑）実に愉快だな。……その義弟は、イタリヤ商業銀行に勤めていたんですが、自分の里がトレヴィゾの近くで、トレヴィゾという町はオーストリヤにも近いし、スイスにも近い。国際金融をやるのに地の利を得ているところなんです。それで銀行に勤めていると、要するに東銀みたいな銀行ですから、海外を転々としなければならない、そういう妙味のある仕事ができないというんでやめちゃいまして、自分で国際金融コンサルタントの会社をつくって営業しているんですよ。それでどうなんだって、妹に聞いたら、まァなんとかやっているわっていうから、結構繁昌しているらしい。（笑）

蓮實　すごいなァ。……あそこらへんの国境は、要するに銀行でお金替えてくれるわけじゃなくて、小さなたばこ屋さんみたいなとこ入るとおばさんが、お金ごそっともっていて、実にいいかげんなレートで替えてくれるわけです。

江藤　ほんとに国なんかつぶれたって平気なんですね。

蓮實　ええ、平気なんですね。

江藤　国っていうのは、いわば仮の台帳みたいなもので、つぶれようがつぶれまいがいずれ帳簿面のことだと。……実際の金のありかや動きにはあまり関係ないんですね。一番基本的な国のあり方だ。（笑）

蓮實　なんだかんだいっても、連中、健在なんですよ。映画批評だって、冴えてるのはイタリヤです。

江藤　日本というのは不思議な国で、非常に厳格な国籍法があるくせに、女が外国人と結婚すると、日本のパスポートを持ち続けることを許すんですね。もちろん国籍放棄することはできるけれども、する必要はないのですね。妹が結婚したとき、在ミラノの総領事夫妻が来てくださって、日本のパスポートを持っていたほうがご便利ですよとアドヴァイスして下さった。別になにかあって、別れたときに便利という意味じゃないけれども、まァとにかくあったほうが便利だと。そのことを向こうのお母さんに話したら、たいへんいいことだと。パスポートはたくさん持っているほうがいい、一つより二つがいいし、三つ、四つあればもっといい。（笑）ぜひともそれは持っていらっしゃい。（笑）そういう発想なんです。だからイタリヤが万一ひどいことになったら、妹のパスポートを利用してね、財産を保全したりするのに都合がいいという考え方なんだろうね。

蓮實　男の連中はパスポート二つ持っているとね、兵役にいかなくてすむんですね。ですから、たまたまその兵役の年齢が違うので、スイスにいてスイスの兵役にとられるときは

フランスへ行って、フランスの兵役のときはスイスに行っている。(笑)

江藤　兵役のときだけ、もうひとつのお国に忠誠をつくすんですね。(笑)

蓮實　でもだいたいブルジョワですけれど、……ゴダール（ジャン゠リュック・ゴダール）なんかがそうです。ずるいっていえばいちばんずるいんですけれど。

（いつの間にか、時計は九時を廻っていた）

江藤　もう人の歩きかたが変わってきました、九時を過ぎたらね。「はとバス」もいなくなった。

蓮實　流れに勢いがないですね。

江藤　そうですねェー。これはつまり、借金の言い訳に行く人たちでしょう。(笑)……そういう人たちが歩いている。

蓮實　フフフフフッ、……下向いていますねェー。可哀相ですねェー。(笑)

江藤　そうですねェー。(笑)

蓮實　こういうゼネラリゼーションはよくないんだけれども、(笑)……そう思いたくなります。

江藤　身につまされるような、……ね。

……部屋に帰って、荷物をまとめたら、また二〇五号室に集まりましょうか。

朝の対話（二〇五号室）

（二〇五号室。テーブルの上に水差しとコップ。蓮實氏、そして江藤氏と、あいついで入ってこられる。両氏、早速窓辺に立って、おもてを眺めはじめる）

蓮實　そこに小さな庭があって、木が植えてある。こんなところで、よく庭がとれますよね。

江藤　ええ、そうですね、面白いですねェー。……やはり、なんというか、丹念に見て歩くと、いろんなものがあるみたいね。

（江藤氏、小さな庭の先、中央線ホームにじっと目をやっている）

江藤　ホームの屑籠から、新聞紙をあさる人、この頃、ああいうのが増えたんですね。

蓮實　かなりの身なりの人がやっている。

江藤　そうですね、あれは不思議ですね。昔はほとんど、見ることがなかった、いつ頃からかな。それから網棚にのっている漫画雑誌をサッと取ってね、何食わぬ顔で読み出す。

（青空。駅の向こう側、大丸デパートらしき建物がみえる。屋上に樹木。蓮實氏、眩しそうに眺めている）

蓮實　デパートの屋上の楽しみというのは、最近ないですね。行ってみますと、なにか殺風景な感じで……。

江藤　ほんとにそうですね。昔は屋上って面白かった。

蓮實　ええ、必ず行ったもんですけれどもね。祖母とかに連れられて……。

（気が付くと、すぐ目の前を、中央線快速電車が発車してゆく。ゴトンゴトンという音）

江藤　やっぱりあれですねェー。始発駅から出て行く電車というものは、いいものですね。いかにその、中央線の空いている電車といえどもね。

蓮實　これもひとつの始まりなんですね。

（ゴトンゴトンという音を聞きながら、両氏、どちらともなく、席に着く。椅子に坐りながら、駅の気配、物音を愉しんでいる様子）

江藤　……だいたい、デパートという場所が昔ほど楽しくないんじゃないかなァ。ぼくは、買物はくたびれるから、デパートにはあまり行かないんですけれども、子供のころはもちろん楽しかった。……どういうのかなァ、このごろは肩で息しながら商売している感じがしましてね。

蓮實　三越とか高島屋あたりだと昔からの番頭さんがいるっていう感じがするんですね。

江藤　ええ、ところが新しいところはね。

蓮實　西武、その他そういう感じがないですね。

江藤　ほんとにそうですね。いやぼくはこの間初めて、数寄屋橋の朝日新聞の跡地に建った西武百貨店へちょっと入ってみたんですが、何も売っていないんでびっくりしちゃったですよ。情報を売るっていうけど、情報を売るってどういうことか、なんかコンピュータみたいなものが置いてあって、チョンチョンとたたくと何階に何を売っていますという〝情報〟が出てくるというので、若い人たちがたかっていましたけれども、（笑）やはりぼくにはなにかピンと来ませんでしたね。土地には土地のにおいっていうものがあってね、裏駅っていうと裏駅でしょ。やはり新聞社のあったところにはいろいろなものが染み付いていてね、インクのにおいとか、殺人記事の血なまぐささとか、トラックが出入りしていた音とか、いずれにせよ、あんまりこう、なんというか、ファンシーではない。やはり土地の霊がそこに染み付いているから、百貨店を作ってもだめなんじゃないかという感じがしましたね、倉庫みたいですものね、中の空間は。二階三階には上がらずに出てきてしまったけれども。

蓮實　ぼくも一階はぶらっと歩いて、上に上がる気がしなかった。

江藤　そうでしょう。

蓮實　あえて狭さで勝負しているというのはわかるんですけれどもね、それを楽しむというほど余裕はないですね。結構最近の若い人たちはああいうものを楽しみうるのかもしれないけれども。きのう言っていらした、ある時代の豊かさがあって、それが最近どうも、到底その豊かさに匹敵しえないとおっしゃった。ぼくもまさにそういう感じはするんですね。しかし、ぼく自身のなかでは、どうもその立ち去った時代の豊かさというやつが、ひとつどっかでうさんくさいところがあって、うさんくさいといいますか、自分のなかでそれが、ぼくの考えとか書くものの階級的な限界をあからさまに指摘しているような感じがして、ああ自分はあの郊外電車の世代から逃れ出られないんだと。(笑) 最近の連中はそういった豊かさの魅力を知らないがゆえに強いんじゃないか。逆にぼくなど、自分の限界をあからさまに感じとってしまう。

江藤 なるほどね。

蓮實 そのあたり、江藤さんはどうなんでしょうか。

江藤 そういうふうに感じた時期もあったと思いますけれども、これはどうしようもないという気がするんですね。いろいろな形で限界づけられていることが、身にしみてわかってくると、(笑) 限界を知ったからといってどうにもなるものでないから、もう自分はそういう人間なんだと思って生きるほかないという感じがするんです。それがプラスかマイナスか別として、そういう形に切り取られて生まれ育っちゃったということはどうしようもないから、それを背負ってずっと死ぬまでいくほかはないと、ここ数年そんな感じがしていますけれどもね。

蓮實　ぼくも居直るしかないんじゃないかという気はするんですが、江藤さんのように堂々としてられない。

江藤　ただ、ぼくはそういう限界がない人が強いのかどうかわからないと思いますよ。いまの若い人が、そういう豊かさを知らないのは、ある意味じゃ結構かもしれないけれども、だからといって、それが強いことになるのかなァという感じがしますね。これから年を重ねていくにつれて、どういう人たちになっていくんだろう。若い人といっても、そうですね、わたしのように五十代の人間からみれば、四十五から下の人たちはもうすでに若いという感じがするんですね。四十五から三十五ぐらいまでの人たち、三十五から二十五ぐらいまでの人たち、二十五から十五ぐらいまでの人たちを考えていくと、やはりその時代時代のいろいろな、雰囲気や「問題」や流行語や、そういうもので条件づけられているところがあって、現在四十五から三十五ぐらいまでの人たちのところに、いわば「問題」の問題性が、たいへん鮮やかに刻印されているような感じがする。それからあとの世代の人のほうが「問題」をうまくあやしたり、いなしたりする術を身につけているのかなという気もするんですね。

蓮實　下っていうのは、三十五より下の人ですか。

江藤　はい。自分の学生をみていますと、理工科の学生ですから、ある意味で特別な傾きのある諸君ですが、最近、四、五年の間にずいぶん変わってきたなという感じがするんですね。非常に、なんといいますか、ぼくはよくなって来ているんじゃないかと思います。ぼくが直接接触する学生に関する限りにおいては、既成概念でものを考える習慣を捨てはじめている。なまの素材を与えると、それを正確にみようとして、それぞれ、見るのみならず、その認識にもとづいて考えはじめるというところが、歴史的な資料を読ませてみても、あるいはきのうちょっと申し上げた翻訳論の授業をやっていましても、わりあいに、ちゃんとできるようになってきたと思います。これはわたくしが教師として多少経験を重ねたということもあるかもしれません。しかし、それだけじゃなくてどうも学生のパーセプションがかなり柔軟な方向に変わってきたんじゃないかと思うんですね。いままた新しい「問題」が生まれはじめているのかもしれないけれども、ぼくはまァ、蓮實さんのご本にもあった、ひげカッコに入っているような形の〝戦後〟という「問題」が、だいぶ解体しはじめているような気がしますね。そうじゃない新しい時代にもう自分たちは生きているんだという、それをどういう名前で呼ぶのか、そこからどういう「問題」が提起されているかということが、むしろはっきりしないだけにいいんじゃないかという気がするんですがね。

蓮實　それはぼく自身も感じますね。どっかでやはり戦後の幻想というものにとらえられている、まあ四十五から三十五ぐらいまでの人ね、その幻想にとらえられて、実体がないのにもかかわらず、そうした虚構のなにかと関係をとり結ばないと、ものが考えられない。そういう世代は確かにある。それが次第に希薄になってきたということはありますね。教師なんていう職業を選んでしまいましてね、ぼくの場合は。江藤さんの場合はむしろ、大学のほうが江藤さんを必要とするという感じがあると思うんですけれども、ぼくはこちらから入っていった。しかし、典型的な東大仏文の弱さみたいなもの、(笑)それには陥るまいというひそかな反抗心だけはありました。

われわれが学生時代に少なくとも持っていた教師に対する、たぶん愛憎、両面を合わせ持った軽蔑ですね。……いつか教師は軽蔑されながら、去らなきゃいけない。それはまァ、のりこえるというほど大げさなものじゃないでしょう。でも、教師は教師でしかないんだという、その軽蔑みたいなものが、非常に薄れたと思うんですね。教師がなにか教えてくれるならば、よしそれをもらってやろうじゃないかという、年長者と若者との間にあるコンプレックスのある関係というものが薄れて、あいつらが何かいいことといえば利用しちまおうよと、そういう素直といえば素直な、図々しいといえば図々しい姿勢に非常にたけてきたんじゃないか。これはたとえば、教師に対する、われわれが学生のころどっかで持っていた軽蔑みたいなものですね、……どうせ彼等のことは読めているんだと。なるほどこういう点では彼等は優れているけれども、それが彼等の限界でもあると、つい思っていたようなものが、ことによると、戦後幻想のまァ良さとは言えないですけれども、いまそれがなくなってしまった、教師が当然感じなければならない刺激みたいなものが希薄になってきている。

江藤　ああなるほどね、逆にいえばね。

蓮實　三十五くらいまでの学生たちは、この野郎とかいう、そういう挑戦みたいなものを、いつごろかわかりませんけれども、それをごく簡単に共通一次の世代だというふうには言いたくありませんけれどもね、教師は教師なんだという制度性をかなり安易に認めているという感じがして、それがちょっとぼくは……。

江藤　なるほどね。それはやはり東大の駒場で教えていらっしゃるからということもあるんじゃないでしょうか。つまり、将来専門を同じくしようとする学生は、当然昔から先生に対する、さっきおっしゃった愛憎、ないあわされた感情をもつに決っている。先生をなんとかこえなきゃならない。しかしできるからあの人は先生なんだというものがあったと思うんです。わたしのいる場所はちょっとまた特別で、つまり理工系の学生しかいないというのは、そういう意味では条件が違うんですね。つまりこっちからしてみると、数学や物理で学生と競争する意味が、はじめからないんですね。それはもうお互いにわかりきったことで、もうその問題は終わっちゃっているわけですよ。しかし、逆にいうと語学や文学でくれば、少なくとも役割の定義上われわれのほうが圧倒的に強いことになっている。

そこでは、それぞれ相互に問題がはじめから解決されてしまっていて、コンプレックスの生じる余地がないんです。これはある意味ではとても居心地のいい環境です。もっともある意味では危険で、緊張感を持ちつづけていないと、無限に安易になれる可能性もある。わたしは今年で十五年目になるわけですけれども、そのうちの、そうですね、はじめの三分の一くらいは、この危険をしょっちゅう感じてました。自己規制していないと、とんでもないことになる。なにを言ったってみんなほんとだと思って聞いているんですからね。それはたいへんなことで、文科系のよくできる学生を相手にしているとき以上に、こちらがしょっちゅう自分を律しながらやっていかないと、無責任になってしまう恐れがあるんですね。ですからなんといったらいいんでしょうね、つまり彼等がわたしの授業をとらなければ一生絶対体験しないであろうことを、どれだけ一生懸命やるようにしむけるかという術が無視できなくなってくるんですね。まァどんな学生に教えるときでもそうでしょうけれども、力を入れるというか、一生懸命教えると、やはり通じるものだなという感じがしてきたのは、最近四、五年でしょうかしらね。その通じかたが多少とも深まってきたような気がするので、教師というものは、これは三日やったらやめられないものかなと、（笑）わたしは、自分がこんなに教師業が好きだとは思っていなかったんです。だけれども、どうも好きであるかのようですね。少なくとも工業大学の教師は、たいへん気に入っておりますね。

蓮實　でも、いいことでした。（笑）

江藤　まァね。でも、それとは別に、蓮實さんのおっしゃることは、わかるような気がします。なんというのかな、そういう屈折した思いがなくなって、制度としての教師を無抵抗に、一方的かつ安易に認めてしまうところはあると思います。おそらく一般学生、東大の学生にいちばんあらわれているのかもしれないけれども、それはあるでしょうね。

蓮實　まァ中学高校、小学校以来ですけれども、とくに中学で、われわれのころは教師は当然敵であるわけですね。親父が敵であったり、年長者が敵であったりするのと同じような形で。いまでも、たとえば校内暴力というような形で反発があったりはしても、どうも余裕のある軽蔑を教師に対してしていないと思うんです。これはいつごろからのことかわかりません。たぶん三十五、六の人たちもそうなのかもしれない。その関係をみてますと、どうも文化一般にもそういうことが現れていて、もっと下の連中になっちゃうと価値の相対観みたいなものがかなり大幅に植えつけられていて、もう軽蔑すらしないと。江藤さんはこの前二人の若い批評家と対談なさっていましたね。あれをちらちら読んでいまして、あの人たちは軽蔑を知らないんですね。彼等は別に学生ではなくてかなり年なんですね。なにか自分の思っていることを正確に相手に伝えて真剣に相手と向かい合うと、そのままでコミュニケーションが成立すると思っているんですね。

江藤　そうです、そのとおりです。

蓮實　そら恐ろしいといえばそら恐ろしいんですが、正当な思想を正当に表現しあっただけでは絶対に伝わらないなにかがある。とりわけ文学なんていう概念はですね。自分をわたしですということだけではだめなんで、それを否定するところからはじまるわけですね。そこを非常に素直に自分をわたしですと。わたくしが江藤さんについてこう思っていますという、まァ素直といいますかね、頭だってあまりいいとはいいかねるような、そういう対応の仕方をしていますね。戦略なしといえば戦略なしなのか、誠実といえば誠実なのか。しかしそれでは文学という芸が生まれる余地がないではないか。

江藤　ぼくもそう思います。

蓮實　おそらく、かなり正当に自分を読んでくれるなというふうにお感じになったにしても、あれじゃァ面白くないんじゃないかという気がするんです。

江藤　おっしゃるとおりなんですね。つまり人間同士で話をしているという感じが、目の前に確かに二人、若い批評家が坐っているのだけれども、その感じが伝わってこないんですよ。なにかブラウン管が二つおいてあって、等身大の人の形が二つ映っている。そこから声が出ていて、いろいろ名論卓説が聞こえて来るのだけれども、いったい全体自分のことなのかなァという感じで、切実な言葉が聞こえないんですね。それに対してこっちもなにかしゃべっているのですが、どんなシステムを通じて先方に伝わっているのか、もう一つ得心が行かない。これはどうも人間同士が対座して、普通の会話をしているというようなこととは、ちょっと違うんじゃないか。したがって、あまり面白くないし、とまどいもするし、くたびれもする。わたしは、お二人とも、それぞれ戦略も戦術もたてていたんだろうと思うんですね。話の途中で一服することになり、中座してちょっと手洗いに立ったんですよ。そしたら、手洗いのなかで、雑誌の編集長とその二人のうちの一人が相談しているんだ。(笑) これからどういうふうにもっていこうかってやっているんで、(笑) こっちは大変まずいところへ入っちゃったような気がしてね、失礼といって別の手洗いに逃げたんですよ。(笑)

蓮實 配慮を示されたわけですね。

江藤 だから戦略も戦術もおそらくあるんですね。ただないのはなにかといったら、なんていったらいいのかな、これは言葉が適切かどうかわからないけれども、礼儀がないんですね。礼儀というのは、つまり律儀礼儀に真面目にしゃべったら相手に通じるとは限らないということがまずことを悟ることがまず礼儀で、つまり言葉の不完全性については、で、つまり言葉の不完全性については、先刻わたしも承知しているしてますよというところを見せないと、相手に気持ちが伝わらないんですね。それがないんだと思う。このごろは流行らなくなったけれども、大学紛争時代に活動家の諸君が、いまやァーわれわれはァーなんとかでエーかんとかだァーキャァーってやっていましたね。あれをそのまま会話のレヴェルに下した話し方なんですね。全共闘と関係があったのかどうか知らないけれども、あそこにあった一種の言語上の病理が、そうとは知らぬ間に、若い知識人のなかに沁み込んでいるんですね。だから礼儀と常識ですね。いちばんくだらないことで、知的でないことのように聞こえるかも知れないけれども、それがないと、知識も知も発展していかないようなところが、人間にはどうもあるんじゃないかと思いますね。ぼくははっきり言って、なんでも申し上げるけれども、柄谷君の欠点はそこだと思う。あの人は礼儀も常識もなくて単に頭がいいだけだと思う。（笑）

蓮實　（笑いながら）……フーンというより以外ないな。（笑）

江藤　別に、（笑）おっしゃって頂かなくても。……だから、それじゃァ、やはり文化にならないんですね。無限に痩せ細っちゃうと思うんですね。

蓮實　わかりますね。わかります、というのは、いま文化にならないとおっしゃったのは、江藤さんが、やはり文化になさりたいわけですね。

江藤　そうですね。

蓮實　それは非常にぼくもよくわかるんです。ですからサーヴィスなさるわけでしょう。

江藤　ええ、まァそうでしょうね、きっと。

蓮實　その面というの、ぼくは人間はそのサーヴィスがない限り、なんら相手に意志を伝えられないんじゃないかという気がしますね。これは別に環境の問題とか生まれの問題とかそういうものじゃなくて、ことによったらそうかもしれませんけれども、ものを読んだり人と会ったりしているうちに、自分のなかに形成されてくる、一種の人格だと思うわけですよね。その人格を読めるか読めないかというのは、つまり記号の問題だと思うんですね。その人格は記号にも備わっているかもしれないし、人間それ自体に備わっているかもしれないという、そこは非常にいかがわしい部分であるわけですね。そのいかがわしさを、少なくとも人に見せてからでないと、議論ははじまらないわけだし、心が通じるという言いかたは非常にセンチメンタルな言いかたですが、心が通じるというのは共感するということではなくて、自分が見えてきたりする、その違いを、少なくとも示してやるのが礼儀だと思う、ということなんですね。ところが今の若い方たち、これは一般化することはいけませんが、とくにこの間のお二人、この人たちは、たぶん言語は構造であり、そして構造のなかに差異しかなく、それが言語学だといっている、その次元でしかものを言っていないという感じが非常にしたわけです。で、これはどうなんでしょう、世代なんでしょうかね、それとも資質の問題なんでしょうかね。

江藤　それは両方でしょうね。でもどちらかといえば資質の問題じゃないでしょうか。同じ世代にだって言葉の持っている本然的ないかがわしさに耐えようとしている人だっているわけで、そうしないとやはり生きていけないということを、いつのまにか悟った人たちも、少なからずいると思うんですよ。だから礼儀を知らなかったり、常識がないということは、逆に言えば楽天的にすぎるということですね。

蓮實　まァそうだと思いますね。

江藤　その楽天的なところには、ひょっとしたらある種の世代的な広がりがあるのかもしれませんね。ぼくはそういう意味じゃいま日本人は一般に大変楽天的になっていると思うんです。楽天的なのは結構なんですけれどもね、それが若い人だけの問題とは限らなくて、四十、五十、六十の人にまで、急速に浸透しつつあるような気がするんです。このごろ電車に乗ったり、駅で眺めていたりすると、変な顔の人が多くなったなという気がするんですよ。確かに新聞で見ると、若い中学生や高校生の体位は年々向上して、最近多少伸び悩みにはなったけれども、足が長くなった。まァ結構なことだと思いますね。昔は鼻ったれ小僧というのがいたでしょう。これが全くいなくなった。栄養がよくなったり、衛生状態が改善されたり、そういう意味では明らかに向上しているんだろうと思うんですが、そういう一般的な体位の向上とは別に、表情などを見ていると、なんだこの人はというのかな、自分もあんな顔しているのかと思うと、なんだかいやになっちゃうんですね。最近またちょっとよくなってきたけれども、一時ニューヨークの人たちの顔がものすごく悪かった。だいたいタクシーが車を洗わなくなった時期があった。新車は全然入れないし、そこらへんのアクセサリーがガタガタになっていても、平気でそのまま走っているという状態の時分のニューヨークの町を行く人の顔を見ていると、ああひどい顔しているなァと、それにしてもいろんな奴がいるなと思ったものですけれども、だんだんそれに近付いてきている。去年の秋ニューヨークへ行ったとき見てたら、またちょっとよくなったと思いましたけれどね。どうしてこうなってきたんだろうというと、それはやはり、礼儀とか常識とかいうほかないものが、日本人の人間関係の間から急速に失われつつあるからではないか。その結果いたずらにいやな顔が増えているんじゃないか。そういう現状にもかかわらず、こちらが従来どおりやろうとすると、その分だけいやな思いをするわけですね。だけどそうかっていってね、やっぱりサーヴィスしないわけにもいかないいんでね。(笑)それが生き甲斐だから。こっちはサーヴィス業に徹するほかないということになっちゃうわけですよ。(笑)

蓮實 顔というのは問題にすると、たちまち自分のところへはね返ってくるんで、(笑)できないんですけれどもね。ひとつはフランスでいいますと、第三共和政的な顔っていうのがありますね。ヴァレリーみたいな生活感のない上品な顔。この顔は、われわれが六〇年代にフランスへ行ったときソルボンヌで教えていた教授たちの最後のジェネレーションですね、先生たちが。まず弁舌がさわやかで、たいしたこと言っているわけじゃないけれども、聞かせる。

江藤 スタイルがある。

蓮實 ええ、スタイルがある。それから少なくとも一時間の授業が快い。それを持っていた人たちがいたわけですね。ところがわれわれが日本へ帰ってきて、もう一度行ったら、六〇年代の終わりですけれども、ソルボンヌの教師が全部肉屋の顔になっていました。

（笑）肉屋の顔というのは語弊がありますが、ちょうどその頃、クロード・シャブロールに「肉屋」という映画がありました。ジャン・ヤンヌという役者が肉屋をやってるんですが、その顔というか雰囲気が、新世代のソルボンヌの教授たちにそっくりだったんです。だからフランス映画のなかに出てくる肉屋ですね、ちょっと殺伐としていて迫力があるという。おそらく業績の上で言うと、第三共和政の顔の生き残りよりも優れた仕事をしている。ところが一時間の授業が、それだけの知的興奮を呼ばない。実は彼のほうが優れているにもかかわらず。その印象を持ちましたね。それとほとんど似たことがあるのかなァと。ぼくが行ったのはドゴールの初期ですから、戦前的な第三共和政の顔が生き残っていて不思議はないんですけれども、いまや肉屋の顔よりもひどくなったですね。ものほしげで、しかもそれなりに自足した顔、まァ人の国をあんまり顔で判断するのはなんですが、その点では日本に似ていると思いますね。

江藤　そう思いますね。だいたいほぼそれに見合うような変化があるんじゃないでしょうか。たとえば、渡辺一夫先生の世代のえらい先生方のお顔というのは、だいたい第三共和政に見合うような顔であり、というようなものなんでしょうね。つまり肉体の年齢と職業の年齢というのがあると思いますね。ぼくは教師は十五年だけれども、ものかき稼業は三十年やっているわけです。まあお酌のときからお座敷に出てるって、（笑）このごろの、素人がクラブやスナックにポッと出たのとは違うんだって気持ちはどっかにあるんですよ。と、これは旧派なんですね。きのうちょっと、戦前とおっしゃったけれども、まァ旧派なんだと。旧派というのは新派に負けるのかもしれないけれども、やはり旧派は旧派なりにやっていかないとみっともない。旧派が新派の真似したってしようがない。もちろんこれは日進月歩の世界ですから、生存を続けるためにはいろいろ新しいことを学ばなきゃならないけれども、旧派で育ったということ自体は、やはりどうしようもない。それを自分なりに大切にしていく以外にないんで、そのうちに染みとおってくる新しいものは自分のものになるかも知れないけれども、自分以外のものになろうたってなれるわけがない。

これもまた誤解を生むかもしれないんですが、〝左翼〟というものがあるとするでしょう。この〝左翼〟というのはひげカッコに入った〝左翼〟で、マルクス主義者とかトロツキストという意味で言うんじゃないんです。〝左翼〟というカテゴリーが日本にはあると思います。だいたい大正の終わりから昭和の初めにかけて出てきた言葉です。ところでぼくらはなにに誠実になるように躾られて来たかというと、たとえば蓮實さんと何時にお約束したときには、あんまり遅れないように行っていなければいけないということを、キチンと守り、繰り返して守ることが、誠実だと教えられ、自分でもつとめてそれを実行して来た。ところが〝左翼〟の人の誠実というのはそうじゃないんですね。〝主義〟の正しさに対する忠実さがあれば、蓮實さんをすっぽかしても一向にかまわない。すっぽかしてはいけないというのは単なるブルジョワ社会の習慣に過ぎないから、〝左翼〟の原理原則に対して忠実でありさえすればよい。それに対して、十分忠実でないって批判する人がかならず出て来ますね。そうではない、おれは〝主義〟に忠実だといって、そこでワイワイガヤガヤやる。それは大変けたたましいことで、人類の進歩発展に貢献しているぞというタイプの人というのは、だいたいこうですね。この主義は国粋主義でも反共主義でも、なんだっていいんですね。つまり主義者だな、昔の言葉でいうと。昔は主義者、いまはひげカッコ入りの〝左翼〟という、この類型はね、ずいぶん拡大再生産されているんですよ。おそらく第三共和政のころの顔をした先生は、ひょっとして〝左翼〟もいたろうけれども、そういう〝左翼〟であることを恥じているようなところもありますね。堂々たる〝左翼〟はその次の世代で、そのまたお弟子さんがいまのもっと荒涼とした礼儀もなければ教養もない秀才たちだという感じがするんですね。これは恐ろしいことだなと思うんですよ。ぼくはフランスをよく知らないんですけれども、プリンストンから帰ってくるときだったから、六四年の夏、ちょうど七月十四日の午後にパリに着いて、ドゴールがエリゼ宮から出てきて、こうやって手を出したのをたまたまタクシーのなかから見たんですね。その手の大きかったことったらない。（笑）天狗のうちわみたいな手をしているなと思ってね、感心したんですよ。（笑）そのとき、とっておいてもらった宿屋がリーヴゴーシュの小さな宿屋で、フランス語しか通じないもんだから往生したんですけれども、数日いるうちにハタと気がついたことがある。レジスタンスというのがあって、国が割れましたね。それはフランス人にとってやっぱりいいことじゃなかったんだなと、そのときつくづく思いました。レジスタンスが悪いというんじゃないんです、国が割れて、お互いに通報し合うとかいうようなことが、おそらくあっちこっちであった。フランス人の人間観は、もともと日本人ほど甘くはないだろうけれども、それにさらに一層いやな影をつけたなァと思いました。日本は戦争に負けたけれども、そういうことはあんまり眼につかなかったから、その意味ではしあわせなのかなと思ったことがあります。それはずいぶん前のことで、六四年の夏でした。なにをきっかけにしてそう思ったのか、よく覚えていないんですけれども、あるときハタとそう思ったんです。だからレジスタンスは善でナチ協力は悪だというような簡単なものじゃないんで、まァそれは政治的には戦後そういうことになったかもしれないけれども、この国でその間にかもしだされた人間と人間との間の付き合い方の雰囲気には、どうもひどく荒れ果てたいやなものがあるぞという気がしたことがあります。それはおそらくかなり特殊なもので、歴史的に積み重ねられてそうなったというものとはまた別のものだろうと、思ったことがあるんですがね。日本でそれと一脈相通じるものがあるとすれば、やはり戦後の占領時代に与えられた、強烈な政治的方向づけを伴った「問題」性ですね、まァ民主主義なら民主主義という。これがみんなを〝左翼〟にしちゃっているんじゃないかと思います。ぼくなどはそういう方向づけに対する一種の相対感覚から始まっているんです。戦争中はお国のためで、戦後になってからは民主主義といわれても、ハイそうですかとオイソレと信用するわけにもいかない。昨日まで別のこと言っていた先生が、小学校の先生、中学校の先生、みなさん今度は新しいことを教えなくちゃならなくなって、うまく切り替えられない人は追放されてやめていったというようなことがありましたので、やはりどうしたってそこは多少嘲笑的にもなるし、相対的にもなる。もっと若い人たちは、ためらいなく、おだてられて、君たちは一〇〇%新制中学の出だ、君たちこそ民主主義の子だ、君たちが日本を背負って立つ、新生日本はこれこれしかじか。新憲法ほどすばらしいものはないと教えられて、ほんとにそう思いこんでしまった。ちょうどぼくらが戦争中、忠君愛国と思い込んだのと同じようにそう思い込んで、そのお題目に対する相対的な距離のとり方をまったく知らないままに過ぎてきた人たちが、どんどん再生産されてきている。四十五から三十五ぐらいの年代の人々のなかに、そういう〝左翼〟が多いのではないかと思う。しかし不思議なことによくしたもので、四十年たつと、いま教育を受けている若い人たちのあいだでは、そんなものはもうあんまり流行らない大昔の標語みたいなもので、いまさらそんなことといったってナウくないぞというようなことを言う人もまた出てくる。しかし、五十代、六十代にまで及んでいるかも知れない〝左翼〟的方向付けは、たいへん根深いものだと思います。そもそも近現代の文明が「問題」性の方向に向かって動いているうえに、さらにしんにゅうがかかっている。

こういうこともありますね。中央官庁のお役人と話してごらんになるといい。憲法にしたがって外交をやってますとか、憲法の英訳文とか、大真面目でそんなことをいう官僚が、そこらにゴロゴロしていますよ。

蓮實 本気で言うんですか。

江藤 本気でいうんです。旧憲法を読んでみるがいい、「天皇ハ戦ヲ宣シ和ヲ講シ及諸般ノ条約ヲ締結ス」とのみ規定してあって、いかなる条約を締結しなきゃならないかなどということについては何等予め規定していない。そうでなければ臨機応変の外交なんて出来るわけがない。マッカーサー司令部が書いて日本政府に与えた憲法の、「英訳」と称するものがあるのは事実ですが、それを恬として「英訳」と呼んで憚らない神経も、これは相当ハレンチなものじゃないでしょうか。嘘で固めた役人稼業も、ここまで来るとこっけいさを通りこしていると、ぼくは慄然として肌に粟を生じた。どうやらこうなると、〝頭の不自由な人〟という新しいカテゴリーを設けなければならないんじゃないかと思いますね。わが国が、世界に誇る官僚諸君のなかにも、そういう〝頭の不自由な人〟が少なからずいるようですね。あきれてものがいえないですよ。

蓮實 非常に不思議だと思いますのは、われわれ憲法なんてもの認めないわけですよね、原理として。

江藤 そうです、その通りです。

蓮實 憲法なんていうのは認めない。ただし具体的なさまざまな文脈に従ってそれを利用してもかまわない。しかし、憲法に規制されて生きているわけではない。

江藤　その通りです。

蓮實　法というのはもっともっとでたらめなものだし、第一、法がどのようにできあがるかというのを考えてみれば、それに対してもっとでたらめに、臨機応変に対応しなければいけない。これは憲法以前のわれわれの生きかたの、原理といってもいいですね。ですから憲法賛成、憲法反対ということ自体の、改憲しなければいけない、改憲してはいけない、という議論の不毛性みたいなものですね。これは現場の人は十分わかっているはずだと思ったんですが、実はそうでない。いざというときには本気で憲法持ち出すためにあるんですね。

江藤　そのようですね。

蓮實　問題はむしろそこのことなんで、もし憲法そのものがほんとうに生活に密着したものなら、憲法そのものによってわれわれの生活がすでに律しられているならば、憲法は日々変わっていかなければいけないだろうという感じです。ですから官僚が、それをユーモアで言ったのならわかるのですけれども、ほんとはそうじゃないというところが、政治家を含めて全員が、おそらく全体主義化しているんじゃないかという感じがいたしますね。

江藤　ええ、わたしもそう思いますね。ほんとにそう思います。おそらく正確にいえば、その官僚が金科玉条としているのは、憲法典の条項だと思うんですね。要するに成文化された、いわゆる憲法典です。憲法典なんてものに具体的な生活が拘束されるわけがないので、イギリスのように成文憲法がないところが、いちばん利口な政治をやっている国の一つと考えられていることを見ても、このことは一目瞭然だと思います。それにもかかわらず、いつのころからか、本気に大真面目でそれを信じる〝頭の不自由な人〟が増えている。これはさっきの主義者、ないしは〝左翼〟が増えているということと同じだと思うんですね。たいへん非人間的なことだと思います。

蓮實　で、それはまず、憲法を問題にしたときに出てくる非常に非抽象的な命題だと思うんですね。ですから生活の場でそれをいちいちくつがえしていかなければいけないということがあるわけですけれども、そのときに、江藤さんは一種のサーヴィスなさいますね。（笑）つまり遊んでない連中に対して、いくらなんでもその遊びは貧しいんじゃないの、あなたがたのやっているのは。これがたいへんな誤解を生むし、主義者的な反発をうける。それを楽しんでいらっしゃる。（笑）という感じもするわけですね。

江藤　そこまで言われれば、なにをかいわんやだ。（笑）

蓮實　これは昨日もちょっと話題になったところですけれども、江藤さんはいま旧憲法はよかったというふうにとられる発言をなさいましたね。そうすると、本気で新憲法はいいという人たちが出てくるわけですね。これは旧憲法にしろ新憲法にしろ、われわれにとってほとんど関係のないことです。われわれに関係のある具体的な事象というのは確かに出てくるかもしれないけれども、日々の生活とは違うということがあるんですけれども、実にこの不毛な、新憲法主義者と、江藤さんが旧憲法主義者だというふうに思われ、確かに憲法読んでみると、どっちが面白いかという話はあると思うんです。それからどっちがよく書けているかとか、どちらが法律として完璧だとかいう議論は成り立つと思うんです。だけど、原理としてわれわれはそれを認めないんだと、生活の場においてはですね。これを公に話題にするとまず官僚はそういうことをしてはいけないということになるかもしれないし、われわれも国家公務員だからほんとうはいけないのかもしれないけれども、(笑) いくらなんでもその議論はないじゃないという、不毛な議論ですね。

江藤　そうですね。まァただなんというか、現行憲法のほうがいい文章だというような人が出てくると、やっぱりちょっとそれはおかしいぞと思うんですね。まァ旧憲法だってどうせ法律用語で書いてあって、別にたいして美しい文章じゃないけれども、(笑) いまのような変なやつよりは、まだあれは国語になっているじゃないか。そういう語感の貧しい人間が、新旧憲法典の文体を論じてもはじまらない、もっとも、なんでもいいから翻訳調のほうが高級だと、思い込んでるなら話は別だけれど、とまァそんなふうに思うんですね。そんなもの毎日、神棚に飾っていちいち読み上げて、一挙手一投足を拘束されているなんて思っている人はいないですから、それはもうきまっているんですよ。だから憲法については、いまお話ししているようなことこそ礼儀にかなったことであり、常識であり、文化の基礎だと思うんです。ところが新聞を開いても、テレビをつけても、中曽根総理大臣も、社会党、共産党の人も、憲法を遵守いたしますというようなことを、本気で言っているような口ぶりで言うでしょう。だからあれ、みんなで楽しくゲームをしているんならそれはそれで結構だと思うんですけれども、（笑）どうもそうじゃないらしいんですね。そうするとそれはどうもたいへん恐ろしいことだと思う。憲法なんてだれも信じていない、あってもなくてもいい。ぼくはいっそのこと成文憲法はなくしたほうがいいんじゃないかと思っているぐらいです。改憲じゃなくて廃憲でね、なまじ憲法典なんてものがあるから、なんだかんだガタガタ言うんで、当意即妙、臨機応変に事を処すためにはないほうがいいかも知れない。まァもちろん法令の体系というのは、国という仕組みがある以上、これはどうしようもないでしょう。だから法令は大部分そのまま残しておいてもいいけれども、基本法なんて妙ちくりんなものはやめてしまったほうがいい。憲法という基本法中の基本法、あとは教育基本法も、原子力基本法もみんないらないと思うんです。そういう偽善的文辞にみちた変なものは全部やめて、もっと真面目に日々のことをきちんとやりましょうという、そういう実務的な法体系だけにしておけば、どんなに国がよくなるかもしれない、こう思っているくらいです。そんなことはぼくはごく普通の常識だと思うのだけれども、なぜか誰もそうは言わないんですね。なぜだろう。それはなぜでしょうね。……

だれかがいまでも日本人を見張っているから、多くの俊才が〝頭の不自由な人〟になって、美辞麗句をいまだに唱えつづけているのか、そのだれかは実はめいめいの心のなかにいて、それに向かってお灯明を上げて、いや憲法は変えません。遵守いたします。基本的人権、平和と民主主義と、お題目を唱えているうちに〝頭の不自由な人〟が増えていったのか、結局、二十日鼠が檻のなかでぐるぐる廻っているように堂々めぐりしていることはよくわかるんだけれども、そのへんのことは、ほんとに不思議でならないですね。まァだから、なんとかしてそういう状況を相対化してみたいというういたずらっ気を起こすんですけれども、そのテクニックはむずかしいんだな。

蓮實　その場合にね、ぼくですと、あるいはわれわれの世代というのか、世代的な問題かどうかわかりませんけれども、憲法の話は絶対しないというですね、護憲とも改憲ともいわない、それがぼくのとっている態度なんですね。つまり「問題」にしない。江藤さんは、遊びとおっしゃったでしょう。ある点ではこれは議論可能なんだというふうに姿勢をとっていらっしゃいますね。たとえば純法律的にいってもこれはできる問題だろうし、それからしないと奇妙なことになってくる場合もあるし、というお考えをお持ちなのか、一応憲法のお話をご自分からなさるわけですね。その場合に、これは正直伺いたいなというと、非常にばかばかしいあれなんですけれども、憲法議論をなさることにやはりある種の意味をお認めになるのでしょうかね。しないと困るというような……。

江藤　それは今日、蓮實さんがサーヴィスしてくださって、（笑）この話題を出してくださったので、たいへん心強いと思っているのですが、わたくしは、憲法の議論をするのはおかしいからそんなの真平御免だという人たちが大勢いてもちっともかまわないんですね。それは健全なことだと思うんです。ただぼくの場合には、留学地がアメリカだったということがありますね。わたしが多少知っている外国といったらアメリカで、アメリカは過ぐる大戦の主たる敵国であり、現在でも日本の存立にいちばん大きな影響力を持っている国といわざるをえない。平川祐弘氏は、フランスとイタリヤで勉強して帰ってきた篤学の士で尊敬していますが、どういうわけかアメリカには行っていなかったんですね。七、八年前だったか、初めてウイルソン・センターに行って、その後アメリカとの縁ができたと見えて、カナダへ行ったり、アメリカへ行ったり、しょっちゅう向こうへ行っておられるけれども、そのころ書かれた『平和の海と戦いの海』のあとがきにも書いておられることがあるんです。彼がワシントンにいるとき、わたしもたまたまワシントンへ行きましてね、平川家に食事に呼んでいただいたことがあるんですよ。宴が果てて宿まで送ってくださる車のなかで、平川君が、ぼくは初めて外国へ来たような感じがすると言われた。フランスへ行ったりイタリヤへ行ったりしていたときには、逃げていた。本当の問題に直面しないで逃げていたということを、非常に率直に言われたので、少なからず感動したことがあります。なるほど平川氏にしてなおこの言ありだと思った。ぼくはそのときほとんどなにも感想を言わなかったんですが、そのことを印象深く覚えていたら、『平和の海と戦いの海』のあとがきにもそういうことが記されていた。それは逆にいうと、平川さんのようにヨーロッパをよく知っていて、研究者として一家をなされたあとでアメリカを知った方がなおかつそう思われたということは、かなり強烈なことであってね、わたしが二十代の終わりにアメリカに留学し、その後しょっちゅう行ったり来たりし、また最近一年間滞在していたというのも、やはりなにがしかのことでもあるんですよ。やはり年をとり、時代が展開されてくると、はじめ見ていながら見えずにいたことの意味が少し深くわかるようになったり、当時は見えなかったものが見えるようになったり、同じ現象に対する解釈が違って来たり、いろんなことがあるわけですね。ぼくはいつもアメリカというものが、抽象化された問題というよりは、もっとなまなましい力として、自分のわきに感じられるわけですね。そうすると、それに対してどうしたらいいんだろうと思って考えないわけにはいかない。しかし、日本の人たちに対してなにかいおうとするとき、それをその、真向幹竹割り剛速球でいったって、まァ通じないだろうなと思ってしまう。それはつまり自分が暮らした外国というところはこういうところですよという話を、親しい人に話そうと思っても、ちっとも通じないということを、ぼくは最初の留学から帰ってきて、数日のうちに痛感しましたから、なるべくしゃべらないでいた覚えがある。どんな小さなことでも、アメリカじゃタバコ買いに行くんでも車に乗るんだということがどうとられるか、それは不便だぞと言おうとして言っているんだけれども、そうはとらない人のほうが多い。いわんやアメリカの占領政策はかくかくしかじかだぞと言っても、ああそうですかと素直にとるわけがないということは先刻ありありとわかるんですね。日本人に対して言うときには、はじめからそういうアイロニカルな感情がどっかにあるから、あとは一踊りしてやれということになってくる……。

蓮實　江川のピッチングだ。(笑)

江藤　そうそう、江川のピッチングみたいになってくる。(笑) ただ、それとは別に、やはりいわゆる抽象化された問題とも必ずしも言えない、具体的な一人一人の人間の顔をしたり、ものの形をとっていたりするアメリカというものは、やはりこれはどうしようもない。そういうのと、つまり切っても切れない腐れ縁ができちゃったわけだ。(笑)

蓮實　しかし、結局突きつめてみますと、江藤さんは二重の体験をなさったわけで、これは明治以来の学識人のひとつの常態だと思うんですけれども、おそらく夏目漱石だってそのような、いわば彼は生真面目だったから「江川」できなかったわけですよ。(笑) まァ「江川」しなければならない状況というのに、彼は立たされていて、つまり自分が見てきたことをそのまま口にしてもとても、絶対に通じないだろう。ただし、通じないからといっているわけではなくて、言っているだけではだめで、なんかの正当にものを言うこととは違う記号の発信が必要だろうという、しかもそれをどう処理していいかわからないから、夏目漱石みたいな場合。まァ鷗外のほうはそこらへんはかなりうまかったんじゃないかと思います。

江藤　そうですね。鷗外のほうがうまかった。

蓮實　その知識人の宿命みたいなものですね、それを背負っていろいろ発言なさると、その発言が、少なくとも、江川の、あの江川ばかり持ち出しているけれども（笑）……江川の投球法というのは受けないわけですね。受けないというか、新聞に書かれれば必ずたたかれる。新聞の水準においては受けない。ところが新聞以外の水準においては、受けるといいますか、人の心をとらえるものを持っているわけです。ところが、江藤さんの発言、たとえばいまのようなお話、個人的なお話で納得しうることは非常に限られています。どうしても新聞水準にもっていかれるわけですね。

江藤　それはそうです。

蓮實　その新聞水準というのは、まあ必要悪であって、われわれはそうしなければいけない、つまりそのジャーナリズム水準において、そのようなことをなさる場合はほぼおっしゃるまえから、反応がわかってしまうというところがありますね。そうすると非常にこれは消耗ですしね。やめてもいいことなのかもしれない。言わなくてもいいことなのかもしれない。言うとしたら、どっかでサーヴィスをしなきゃいけないと。サーヴィスという言葉はいけないかな、自分でも楽しみ、同時に幾つかの、玉突きでいうと、面白い玉の動きが出てくればいいんじゃないかと思うんです。たった一つの玉にポンと当って、それが動いていって、パンパンパンと四方にね、それが玉をはじきとばして思いがけない動きをすればいいわけです。そこらへんを賭けておられるんですね。その玉の動きの面白さに賭けておられるのか、それともそこらへんは諦めていらっしゃるのか、ぼくは諦めていらっしゃるというふうには見えないんです。

江藤　それはやはりきれいにつづめていえば、いま蓮實さんがおっしゃったように、スリークッションみたいにポンポンポンときれいに玉が散ってね、それでパッとある形になるのが望ましいのですけれども、やはり漱石、鷗外の場合とわたしの場合は違うとすれば、外国とのあいだの距離の許容する緩みがないということですね。われわれのほうがずっと緩みが少ないということ。だから必然的に江川的になっていく。それからやはり、新聞は必要悪で、新聞水準がいかなるものかは、あらかじめわかっているんだけれどもね、そういうことはだいたい提起するまえからわかるんです。(笑)それにもかかわらずなぜやるかというと、まずもってどこか非常に愚なところがあるからでしょうね。新聞水準はだいたいそっぽを向くんだけれども、二度も三度も言っていると、あいつはそういうことを言うやつだという意味で、ジャーナリズムがしぶしぶそれを認めるところがある。ジャーナリズムからわたしが消えてしまえばそれっきりですけれども、ジャーナリズムの一隅に存在しつづける限りは、一種ネガティヴな市民権を獲得できるんですよ。受ける、受けないの問題じゃない、徹底的に受けず、嫌われ、嫌悪されることにおいて市民権を得るんです。なにも人間の社会は、優等生ばかりで出来上っているわけではない。「江川」だって必要だからです。そうすると、面白いもので、そのうちにだれかが似たようなことを言い出すんですね。それにつづいてまた別のやつが言い出すという塩梅で、玉は二つから三つに増える。はじめは一つなんですね。つまり時間をかけてどっかから玉がころっと出てくるのを待っていなきゃならない。だいたい三年から五年たつと出てくるようですね。それはだいたい学生が新しい事実を素直に受け容れるようになるのと同じです。だから一種の教育なんです。それに賭けているといえば賭けているというか、たぶんそうなるだろうという、実はこれは勝負のカンのようなものでしょうね。これである程度商売できるぞと思えば、同じようなことをいう人間が出てくると思いますよ。だからこれで商売できるぞということを、身をもって実証する必要がある。それは儲かる商売ではない。（笑）儲かる商売ではないけれども、こういうのれんを出した店が一軒あっても、それもまたもっともだと思わせたらしめたもんだと。それはわたしの戦略なんですね。（笑）あんまり、これしゃべっちゃうと具合悪いから、そのへんにしておく。（笑）そうすると面白いもんでね、あそこにこういう八百屋ができて、商売していると。どうしてあんなところで商売できるのだろう。そうするとまたね、八百屋というのはわりあい元手がいらないから、こっちでもやろうっていって、（笑）それはすごいんだ。（笑）こっちに八百藤というのがあると、こっちに八百辰というのができてね、向こうになんとかグローサリーというのができればしめたものです。ぼくはその点はだから、愚でもあり、かつその意味では楽観的なところもあるので、こっちが現役であり続ければ、やっていると、少しずつ面白くなって来ると思っている。

蓮實 でも、その場合どうなんですかね。八百屋さんでもいいんですけれども、江藤さんがそういうお仕事なさるときに、もっと別のものを期待していらっしゃると思うんですよ。もっと別のものというのは、たとえば、一般化された〝左翼〟ですね、日本は。通産省の元官僚あたりまでが無意識に〝左翼〟的な言辞を弄する時代ですから。そのときにいちばん江藤さんが期待していらっしゃるのが、左翼のなかから、江藤さんのような商売をする人が出てきてほしいといっていらっしゃるんじゃないかと思います。つまりおれくらいのエネルギーを出してほしいと。おまえらは、まともな商売していないじゃないか。

江藤 それはある。真面目にやれ。プロならプロらしくやれ。

蓮實 ぼくはどちらかというと、文化的な形勢としてはたぶん左翼だと思うんです。

江藤 うん、なるほど。

蓮實 左翼だというのは、なにしろ東大仏文ですしね。(笑) ただし、いまいちばん情けないのは、左翼発言者たちの、まず礼儀のなさですね、さっきおっしゃったような意味で。それから主義に殉ずればいいのではないかと思っている程度の発言に対する責任のなさね、これは世界各国をみていくとアメリカでさえ左翼はもっと面白いですね。

江藤　そうです。アメリカの左翼、なかなか面白いです。

蓮實　アメリカでさえ左翼は面白い。フランスの左翼は堕落したにしても、日本の左翼よりはやっぱり面白い。〝主義〟を超えたでたらめな力を吸収する装置としていまだに機能している。そうした魅力を左翼が持とうともしない日本で、ひそかにぼくがめぐらしうる陰謀なのかと思うのですけれども、こうして江藤さんとお話しする目的は、やはり「頑張れ左翼」ということ以外にないんじゃないか。だれもぼくを左翼とは思ってくれないし、ぼくも、いわゆる制度化された左翼というものに関しては涸渇した記号以上のイメージを持っていない。ぼくが左翼だなんていうと、老舗の〝左翼〟の方々は怒ったり笑ったりなさるでしょうけど、やっぱりしなやかな論客がいてくれないと困るわけです。残念ながら吉本さんは左翼じゃないんですね。すると、日本の将来は暗いんじゃないかと。

江藤　そうですね。その左翼はひげカッコなしの左翼という意味でおっしゃるのだと思いますけれども、吉本隆明さんは、もともとラジカルな人でしたが、そのラジカリズムがだいぶ希薄になってきたようですね。お年のせいか、健康のせいか知りませんけれどね。ぼくは左翼からひげカッコをとるものは真のラジカリズムだと思うんですよ。ぼくはラジカルなことが好きで、というか生来の体質なのかもしれないけれども、（笑）まァ制度というのはラジカルじゃない、非常に隠蔽性の強いものですから、制度化されたものは左翼でも右翼でも面白くないんですね。その行動や思考がどっちに傾いていようと、やっぱり人間が少しでも自由にものを考えようとするときには、現代の宿命でラジカルにならざるをえない。そのラジカリズムをどんな踊りにしてみせるかというのは、それぞれの芸でしょうけれども、ほんとうにぼくは、そういう意味でのラジカリズムを求めたいですね。そういうラジカリズムというのは柔軟なものです。運動性に富んでいるんです。まむしのようにピューッと飛ぶようなものでもあって、やはり礼儀や常識がないところに真のラジカリズムは育たないと思うのです。その上であるとき、礼儀も常識もかなぐり捨てる一瞬がある。それでなにかを仕遂げるわけですね。得するか損するか、そんなことはわからないんだけれど、とにかくなにかを仕遂げるのです。そのためには、捨てるものの重さが、それが自分にとって、客観性があるかないかは別として、いかに尊いものかということを知っていなきゃね、ラジカルになれっこないんでね。衝立に向かって怒鳴っているような形のラジカリズムなんてあるわけがない。だけど、そういっちゃなんだけれども、一度っきりの人生なんだから、もっと面白おかしくやったらいいんじゃないかと思うんですけれどもね、一般にはあまり面白おかしくないんですね。ぼくは大江君のことをきのうも言ったけれども、野上弥生子さんが亡くなって、新聞に書いているのを見たら、この人はほんとうになにが面白くて生きているんだろうと思った。なにが面白いんだろう。さぞつまらないだろう。ぼくは大江君という人を若いころよく知っていたけれど、こんなつまらないことを書く人じゃなかったですね。小説書いているときは、あんなもの書いているときよりは少しはましかもしれない。それだってね……。文壇官僚みたいになっちゃって、平和と民主主義と基本的人権の。ぼくは野上さんという方は、作家としてではなくて、幼いころから野上さんのおばあちゃまとして知っていたんです。わたしがこんな小っちゃいころをご存じだった。ものを書くようになってから、あなたはほんとうに弱い子だったわねと言われたこともあります。そのアングルから見た野上さんの人物像は、大江君の追悼文だけではなく、新聞にぜんぜん出てこないんですよ。つまり野上弥生子マイナス文化というか、野上さんは自分でも最後まで自分は主婦であることが第一位で、たまたま小説も書いている主婦だと見てほしいといっておられる。まさしくそういう生きかたをされたと思うんですね。お書きになるものは確かに進歩的で、オーソドックスな左翼だった。けれども、その文化はやはりブルジョワジーに根ざした生活様式から出てきている。たとえてイギリスでいえば、ブルームズベリー・グループの左翼みたいなものだと思うんです。そのことがぜんぜん出てこないのは不思議議だと思う。

蓮實　それはおそらく追悼文のディスクールという大きな目的がありましたね。ゆうべちょっとお話ししたマクシム・デュ・カンという人は、幼少年時代フローベールの友達だった。ところがフローベールという人はマクシム・デュ・カンよりはるかに才能がありましたから、幼少期をまったく知らない作家たちに囲まれて死ぬわけですね。死んだときは自然主義の父として死んだ。新聞に出る追悼が全部それなんですね。マクシム・デュ・カンはそれはないだろうというんですね。あいつは若いころはロマン主義にかぶれていたし、デュマの芝居も一緒に見に行った。なるほど彼は自然主義の父として死んだかもしれない。でも、そんなことは追悼文にならない。新聞雑誌が喜ぶ他人の物語にすぎない。実は……、といって書きはじめたものが『文学的追想』というものでして、いま今日われわれが読んで、だれがみても、当時の優れた作家たち、すなわちゾラとかモーパッサンとか、そういう人たちが書いた追悼文よりはるかに感動的なんです。ところが自然主義の父として死んだといっていないがゆえに、たいへんな悪評を蒙ったわけです。(笑) つまりほんとのこと言っちゃったわけですね。ほんとのこととなることといっても、いずれにしろほんとうのことは言えないわけで、彼にとってのほんとうとなることを、ある物語的な文脈のなかにおさめたんです。その物語を人々は拒絶して、それがゆえに、彼は、フローベールの栄光を嫉妬する卑劣な男にされてしまう。正当に読んでみれば、絶対にこちらのほうが追悼文として心がこもってるし、多くのことを語っているにもかかわらず、ほぼ百年、一世紀にもわたって無視され、馬鹿にされ、という歴史があるんですね。ほとんどそれと同じことが、あらゆるときに、とくに人が死んだときにですね。そんなことは聞きたくないと思っていることのみをほとんどみなさん不思議に。……この間たまたまわたくしの小学校のときの恩師が亡くなりまして、三人の人間が追悼の言葉を述べたんです。そのうちの一人がわたくしで、教え子代表ということでありまして、それでやはり同僚の方がおっしゃることですね、これはどうしても制度的な追悼になりますね。つまり、亡くなった方の最後のイメージに捉われてしまう。ところが学生時代に同期だった方が、一言しゃべりはじめると、これは全員声涙下る話になりますね。亡くなった先生が当時は級長さんであって、そのとき級長であったあなたがどのような配慮をクラスメートに示してくれたかとかということを、型どおりのものであるにしても、自分の言葉で話される。これは聞いている人は全員泣いてしまう。ところが、生涯の最後で親しくなられた方のお話にはだれも涙を流さないし、早く終わればいいという形のものです。これは悲しいことだなと思いましたね。それに似たことはいたるところであると思うんです。とくに文学者はそれをやってはいけないんじゃないかと思うんですね。生活的というようなおおげさなことではなくて、あの方はこうした環境に育ったから、野上さんなら野上さんののんびりした、しかしのんびりしたなかにも一つの信念、それはわれわれの信念ではないにしても、それを貫かれたということを言わないわけですね。これはひとつには、そういうものを私小説だというふうに思っていて、押さえてしまう。『自由と禁忌』じゃありませんけれども、禁忌があるんですね。

江藤　あるんですね。

蓮實　文学やっているものだけはそれに囚われないほうがいいと思うというのも、実は幻想であって、文学なんていうのは制度そのものなんだから、文学者こそ、そうした罠に陥りやすいのは確実でありまして、大江さんの追悼文というのは、林達夫に関しても非常に残念ながら良くなかった。渡辺先生についてもどうも素直にうけとれない。それぞれの人が言うことが違うのは当然であるにしても、その当然である違いを超えていないということですね。

江藤 大江さんには『個人的な体験』という小説があるけれども、ほんとうにその同期だった方のお話のような、個人的な声が聞こえれば、紋切り型ばかりどんなにつなげてあっても、そこに個人的な旋律が少しでも入っていたら、ぼくはそれは認めてもいいと思うんですね。それが文学者のしるしだと思うんですけれども、どんどんそれが聞こえなくなっているので、たいへん残念なんです。なんていうのかな、テレビのコマーシャルみたいなものになっているんですね。コピーというのかな、コピーになっている。コピーとはよく言ったもんですね。(笑)

(駅から、アナウンスのためのチャイムが聞こえてくる)

江藤 しかし、ほんとに初めてお目に掛って、長い時間、いろんなお話を伺えて、とても楽しかったです。

蓮實 いや、こちらこそ。本当に楽しゅうございました。

江藤 またこの場所がよかった。駅のアナウンスが聞こえてくるというのは、電車が出た

りまた帰ってくるというのは。……やっぱり終着駅なんだね、(笑)……始発駅でもあるし。(笑)

(柔らかな陽射しが、室内に流れこんでいる。両氏、眩しそうに窓外の青空に視線を移して……。午前十一時半)

もう一度と

解説　高橋源一郎

この本、『オールド・ファッション　普通の会話』の文庫版の解説を依頼した担当編集者は、わたしにとってこれが忘れられない一冊であることを、たぶん知らずに頼んできたのだと思う。

わたしがデビューしたのは一九八一年、『さようなら、ギャングたち』という小説だった。それからしばらく、わたしは書けなかった。というか、ある理由で、書ける場所がなくなっていた。そこに声をかけてくれたのが、当時中央公論社の「海」という文芸雑誌にいたYさんという、一言でいうなら「ものすごく文学・芸術が好きで、頭のおかしな」編集者だった。彼は「何でも好きなことを好きなだけ書いていいよ。お金がないなら、書いた分だけすぐに原稿料を払うよ」というびっくりするような条件で小説を依頼してくれたのだ。その小説は『虹の彼方に《オーヴァー・ザ・レインボウ》』というタイトルで、ぎりぎり「海」の終刊号に間に合って掲載され、八四年の夏に刊行されたのである。その単行本の担当者としてYさんが連れてきたのが、同じ中央公論社のSさんだった。Yさんは開口一番、Sさんのことを「こいつ、ものすごくヘンだから」と紹介した。そして、Sさんはというと「ぼくは現代文学に興味ないけど、高橋さんの小説は面白いよね」とおっしゃった。Sさんがどのくらい「変」だったかについては省略する。『虹の彼方に』が刊行された直後に会ったとき、Sさんは「いま企画してる本があるんだけど、これ、絶対、高橋さん、好きだと思うよ」とおっしゃった。わたしは、「なに、なに、なんですか?」と訊ねた。けれども、Sさんは「教えない。ものすごく変わった本だよ、フフフッ」というだけだった。

翌年の夏、その本が何なのか、やっとわかった。単行本が出来る前に、そっとゲラを見せてくれたからだ。「内緒だよ。高橋さん、読みたいだろうから」。

いうまでもない、それこそが、三十五年も前に、当時すでに、「変わり者」であった編集者が、「ものすごく変わった本だよ」というしかなかった、この『オールド・ファッション　普通の会話』だったのである。

*

戦後を代表する、ふたりの批評家が、一晩、東京ステーションホテルに滞在して、思うところを話し合う。ただそれだけの本だ。中身については、タイトルがはっきりと宣言している。「オールドファッション」＝「古くさい、時代遅れの」、そして「普通の」会話である。いや、これは要するに、単に照れ隠しの表現であって、「古くさい」わけでもなく、「普通」でもない。誰も読んだことのない、まったく「新しい」世界の誕生に立ち会わせてくれる、「傑出した」「天才的な」「ものすごい」会話にちがいない。そう思う読者もいるかもしれない。残念だが、この本は、この本のタイトル通りの本なのである。というか、これほど、タイトルと中身がぴったり一致した本を、わたしは知らない。だから、この本の読者は、「古めかしく、時代遅れで、しかも、あまりにも普通の会話」を聞くことになる、いや、読むことになる。ちょっと、覗いてみよう。

「江藤　いやね、豊かな社会とかね、(笑) 言うでしょう。……中略……あのころわたしどもが享受していた生活、それからその生活を律していた時間のリズムとか、それを取り巻いていた空間の広さとか、いろんなことですね。さらにいえば肉親だけではない、いろいろ身辺にいた人たちとの人間的な交流とか、もろもろの生活を支えていた要素を思い出してみると、いまのほうが豊かだという感じはぜんぜんもてないんですね。いまのほうがおそらく窮乏しているのだろうと思う。その窮乏感をたとえば、車を持っているとか、電気冷蔵庫があるとか、皿洗い機を備え付けたとか、システム・キッチンに変えたとか、そういうことで隠蔽しようとしているだけのことであって、かつてわれわれがもっていた、かりそめの豊かさとは比べるべくもない」

「蓮實　あれはことによるとね、昭和十年代周辺だけに日本のブルジョワの家庭に起こった特殊な輝きじゃないかという気がするんです。歴史的なことなのかなと。つまりそのころ、ようやくそろそろ電話がひけはじめるけれども、電話はあらゆる人の家にあるわけではなかった。それから鉱石ラジオが普通のラジオに変わったとか、郊外電車が延びてゆくとか、昭和十年代周辺の、日本の市民社会が持った一種のエア・ポケットみたいなものじゃなかったろうか、つぎにいろいろな事件が、こう陰惨なものが起こってくるかもしれないけれども、ことによったら、その直前の無気味な明るさを持った秩序、そういうものじゃないかなと思います」

この対話が行なわれた一九八五年は、バブルの絶頂に向かって時代が驀進しているさなか、この国は歴史上もっとも「豊か」さを満喫している（とほとんどすべての国民が思いこんでいた）時期であったのだ。にもかかわらず、彼らふたりは、臆することなく、「豊かではない」と断じた。それだけではなかった。その代わりに、彼らが「豊か」であったと称揚したのは、こともあろうに、「暗い時代」とされた昭和十年代の風景だったのだ。さらに。

「蓮實　日本が資本主義国家だというのは、ほとんど嘘ですよ。（笑）」といえば「江藤日本は全然資本主義国家的ではないですね。非常に社会主義的でしょ。」と応じ、また「江藤　憲法なんてだれも信じていない、あってもなくてもいい。ぼくはいっそのこと成文憲法はなくしたほうがいいんじゃないかと思っているぐらいです。改憲じゃなくて廃憲でね、なまじ憲法典なんてものがあるから、なんだかんだガタガタ言うんで、当意即妙、臨機応変に事を処すためにはないほうがいいかも知れない……中略……そういう偽善的文辞にみちた変なものは全部やめて、もっと真面目に日々のことをきちんとやりましょうという、そういう実務的な法体系だけにしておけば、どんなに国がよくなるかもしれない」と大胆にいえば、打てば響くように「蓮實　ぼくですと、あるいはわれわれの世代というのか、世代的な問題かどうかわかりませんけれども、憲法の話は絶対しないというですね、護憲とも改憲ともいわない、それがぼくのとっている態度なんですね。つまり『問題』にしない」と応答のことばがやって来る。

なるほど、ここにあるのは、当時もいまも、わたしたちが社会から教わっている常識とはあまりにかけ離れた考えばかりだ。わたしたちが「価値あり」と教わってきたものに「価値」などなく、わたしたちが「価値なし」と聞かされたものに「価値」がある。そのような転倒が、全編を通じて行なわれている。その徹底さに、読者は、自分の価値観が見事にひっくり返されてゆく爽快感を味わうだろう。けれども、それにもかかわらず、この異形の本の真の「価値」は、そこにはないのである。

江藤淳は一九三二年（昭和七年）に生まれ、戦後を代表する文芸評論家として、また同時に戦後民主主義に対するもっともラジカルな反対者としても知られている（まあ、そんなことはどうでもいい気もするのだが）。一方、蓮實重彥は一九三六年（昭和十一年）生まれ、日本を代表するフランスの文学と哲学思想の研究者であり映画批評家でもある（それもまたどうでもいいことなのかもしれない）。彼らは、敗戦をはさんで、「価値観」がガラリと一変するのを目撃した世代だ。「一身にして二生を経る」経験をした世代である。他の誰よりも長く、徹底的に、批評や評論の最前線で活躍したふたりだったが、この本の中で明かされるように、それまで、彼らの対話が実現されたことはなかった。それは、「あまりにも違いすぎるふたりだから、対話など考えられなかった」からだ。あるいは、「文学」という「制度」が、彼らのようなあらゆる「制度」を信じない、不謹慎な連中の交流を禁じていたからなのかもしれない。このふたりの対話が実現するためには、Sさんのような、思い切り「変な」編集者の介在が必要だったのである。

そして、ここには、ふたりは「そんなことはない、そんなに軽々しいことをいってはならない」と反対するかもしれないけれど、史上例を見ない「ほんものの対話」が存在している。

食事、食後のコーヒー、そしてブランデーの時間へと進みながら、あまりにも贅沢な時間の中で、会話は進んでゆき、江藤淳が、こんなことばを発する。

「蓮實さんはその、文学は好きなんですか」

直截すぎて絶句するような問いに、誰よりも難渋で韜晦に満ちた発言で知られる蓮實重彦が「これは大問題ですね。（笑）」と答えてから、驚くほど真摯に回答してゆくシーンが、わたしは好きだ。そこには、「立場」も「制度」も関係なく、ただ「ことば」への信頼だけがあって、ことばが紡がれ、繋がってゆく。そして、まるで、映画のようなラストがやって来るのである。

「（駅から、アナウンスのためのチャイムが聞こえてくる）
江藤　しかし、ほんとに初めてお目に掛って、長い時間、いろんなお話を伺えて、とても楽しかったです。
蓮實　いや、こちらこそ。本当に楽しゅうございました。
江藤　またこの場所がよかった。駅のアナウンスが聞こえてくるというのは、電車が出たりまた帰ってくるというのは。……やっぱり終着駅なんだね、（笑）……始発駅でもあるし。（笑）
（柔らかな陽射しが、室内に流れこんでいる。両氏、眩しそうに窓外の青空に視線を移して……。午前十一時半)」

二度とない、幸せで豊かな時間の流れる場所が、そこにある。繰り返していいたい。もう二度と、こんな時間はやって来ないのである。

江藤淳（えとう・じゅん）
一九三二年一二月二五日～一九九九年七月二一日。批評家。東京生まれ。一九五七年、慶應義塾大学卒業。大学在学中の五六年、『夏目漱石』を刊行。偶像化されてきた漱石像をくつがえし、その後の漱石研究の方向を示す。六二年から数度にわたりアメリカに滞在、『アメリカと私』を生むとともに、のちの「国家」への関心や敗戦・占領期研究の契機ともなった。主な著書に『小林秀雄』『成熟と喪失』『漱石とその時代』『一族再会』『自由と禁忌』『閉された言語空間』他がある。

蓮實重彦（はすみ・しげひこ）

一九三六年四月二九日～。フランス文学者、映画批評家。東京生まれ。東京大学仏文学科卒業。パリ大学にて博士号取得。東京大学教授を経て、東京大学第二六代総長。一九七八年『反＝日本語論』で読売文学賞、八九年『凡庸な芸術家の肖像』で芸術選奨文部大臣賞、二〇一六年『伯爵夫人』で三島由紀夫賞を受賞。一九九九年にはフランス芸術文化勲章コマンドールを受章する。主な著書に『夏目漱石論』『表層批評宣言』『映画論講義』『「ボヴァリー夫人」論』他がある。

本書は、『オールド・ファッション　普通の会話　東京ステーションホテルにて』（一九八八年一二月、中公文庫）を底本とし、明らかな誤記、誤植は正しましたが、原則として底本に従いました。

オールド・ファッション　普通《ふつう》の会話《かいわ》
江藤《えとう》 淳《じゅん》
蓮實《はすみ》重彦《しげひこ》

二〇一九年一二月一〇日第一刷発行
二〇二〇年　一　月二八日第二刷発行

発行者——渡瀬昌彦
発行所——株式会社　講談社
東京都文京区音羽2・12・21　〒112-8001
電話　編集（03）5395・3513
　　　販売（03）5395・5817
　　　業務（03）5395・3615

デザイン——菊地信義
印刷——豊国印刷株式会社
製本——株式会社国宝社
本文データ制作——講談社デジタル製作

定価はカバーに表示してあります。

講談社
文芸文庫

ISBN978-4-06-518080-8

講談社文芸文庫

伊藤桂一	静かなノモンハン	勝又 浩――解／久米 勲――年
伊藤痴遊	隠れたる事実 明治裏面史	木村 洋――解
井上ひさし	京伝店の烟草入れ 井上ひさし江戸小説集	野口武彦――解／渡辺昭夫――年
井上光晴	西海原子力発電所｜輸送	成田龍一――解／川西政明――年
井上 靖	補陀落渡海記 井上靖短篇名作集	曾根博義――解／曾根博義――年
井上 靖	異域の人｜幽鬼 井上靖歴史小説集	曾根博義――解／曾根博義――年
井上 靖	本覚坊遺文	高橋英夫――解／曾根博義――年
井上 靖	崑崙の玉｜漂流 井上靖歴史小説傑作選	島内景二――解／曾根博義――年
井伏鱒二	還暦の鯉	庄野潤三――人／松本武夫――年
井伏鱒二	厄除け詩集	河盛好蔵――人／松本武夫――年
井伏鱒二	夜ふけと梅の花｜山椒魚	秋山 駿――解／松本武夫――年
井伏鱒二	神屋宗湛の残した日記	加藤典洋――解／寺横武夫――年
井伏鱒二	鞆ノ津茶会記	加藤典洋――解／寺横武夫――年
井伏鱒二	釣師・釣場	夢枕 獏――解／寺横武夫――年
色川武大	生家へ	平岡篤頼――解／著者――年
色川武大	狂人日記	佐伯一麦――解／著者――年
色川武大	小さな部屋｜明日泣く	内藤 誠――解／著者――年
岩阪恵子	画家小出楢重の肖像	堀江敏幸――解／著者――年
岩阪恵子	木山さん、捷平さん	蜂飼 耳――解／著者――年
内田百閒	[ワイド版]百閒随筆 I 池内紀編	池内 紀――解
宇野浩二	思い川｜枯木のある風景｜蔵の中	水上 勉――解／柳沢孝子――案
梅崎春生	桜島｜日の果て｜幻化	川村 湊――解／古林 尚――案
梅崎春生	ボロ家の春秋	菅野昭正――解／編集部――年
梅崎春生	狂い凧	戸塚麻子――解／編集部――年
梅崎春生	悪酒の時代 猫のことなど ―梅崎春生随筆集―	外岡秀俊――解／編集部――年
江藤 淳	一族再会	西尾幹二――解／平岡敏夫――案
江藤 淳	成熟と喪失 ―“母”の崩壊―	上野千鶴子―解／平岡敏夫――案
江藤 淳	小林秀雄	井口時男――解／武藤康史――年
江藤 淳	考えるよろこび	田中和生――解／武藤康史――年
江藤 淳	旅の話・犬の夢	富岡幸一郎―解／武藤康史――年
江藤 淳	海舟余波 わが読史余滴	武藤康史――解／武藤康史――年
江藤 淳 蓮實重彥	オールド・ファッション 普通の会話	高橋源一郎―解
遠藤周作	青い小さな葡萄	上総英郎――解／古屋健三――案

▶解=解説 案=作家案内 人=人と作品 年=年譜を示す。 2020年1月現在

講談社文芸文庫

藤澤清造——狼の吐息|愛憎一念 藤澤清造 負の小説集　西村賢太——解／西村賢太——年

藤田嗣治——腕一本|巴里の横顔 藤田嗣治エッセイ選 近藤史人編　近藤史人——解／近藤史人——年

舟橋聖一——芸者小夏　松家仁之——解／久米 勲——年

古井由吉——雪の下の蟹|男たちの円居　平出 隆——解／紅野謙介——案

古井由吉——古井由吉自選短篇集 木犀の日　大杉重男——解／著者——年

古井由吉——槿　松浦寿輝——解／著者——年

古井由吉——聖耳　佐伯一麦——解／著者——年

古井由吉——仮往生伝試文　佐々木 中——解／著者——年

古井由吉——白暗淵　阿部公彦——解／著者——年

古井由吉——蜩の声　蜂飼 耳——解／著者——年

古井由吉——詩への小路 ドゥイノの悲歌　平出 隆——解／著者——年

北條民雄——北條民雄 小説随筆書簡集　若松英輔——解／計盛達也——年

堀田善衞——歯車|至福千年 堀田善衞作品集　川西政明——解／新見正彰——年

堀江敏幸——子午線を求めて　野崎 歓——解／著者——年

堀口大學——月下の一群 (翻訳)　窪田般彌——解／柳沢通博——年

正宗白鳥——何処へ|入江のほとり　千石英世——解／中島河太郎—年

正宗白鳥——世界漫遊随筆抄　大嶋 仁——解／中島河太郎—年

正宗白鳥——白鳥随筆 坪内祐三選　坪内祐三——解／中島河太郎—年

正宗白鳥——白鳥評論 坪内祐三選　坪内祐三——解

町田 康——残響 中原中也の詩によせる言葉　日和聡子——解／吉田凞生・著者—年

松浦寿輝——青天有月 エセー　三浦雅士——解／著者——年

松浦寿輝——幽|花腐し　三浦雅士——解／著者——年

松下竜一——豆腐屋の四季 ある青春の記録　小嵐九八郎—解／新木安利他—年

松下竜一——ルイズ 父に貰いし名は　鎌田 慧——解／新木安利他—年

松下竜一——底ぬけビンボー暮らし　松田哲夫——解／新木安利他—年

松田解子——乳を売る|朝の霧 松田解子作品集　高橋秀晴——解／江崎 淳——年

丸谷才一——忠臣蔵とは何か　野口武彦——解

丸谷才一——横しぐれ　池内 紀——解

丸谷才一——たった一人の反乱　三浦雅士——解／編集部——年

丸谷才一——日本文学史早わかり　大岡 信——解／編集部——年

丸谷才一編—丸谷才一編・花柳小説傑作選　杉本秀太郎—解

丸谷才一——恋と日本文学と本居宣長|女の救はれ　張 競——解／編集部——年

丸谷才一——七十句|八十八句　編集部——年

丸山健二——夏の流れ 丸山健二初期作品集　茂木健一郎—解／佐藤清文——年